魔幻偵探所

8

復活的木乃伊

關景峰 著

新雅文化事業有限公司
www.sunya.com.hk

魔幻偵探所
人物介紹

南森

身分：魔幻偵探所創辦人、領頭羊

年齡：120歲

畢業學校：斯塔福德學院（伏魔系）

學位：博士

捉妖經驗：108年，獲得「捉妖能手」、「怪獸剋星」等稱號

性格：遇事鎮定、善於思考，生氣時聽到幾句好話就消了

最具殺傷力的武器：
顯形粉、細妖繩、無影鋼鐵牆

海倫

身分：魔幻偵探所成員，南森的得力助手

年齡：13歲

畢業學校：劍橋大學（法術系）

學位：學士

捉妖經驗：1年

性格：開朗、逢事觀察細緻，吵架時總讓着本傑明

最具殺傷力的武器：細妖繩、凝固氣流彈

倫敦貝克街1號有一家**魔幻偵探所**，
成員們精通魔法，法術高明，在一系列緊張
而又富於冒險性的偵探過程中，他們並肩作戰，
成功偵破了一宗又一宗錯綜複雜、
動人心魄的魔怪案件。

本傑明

身分：魔幻偵探所實習生

年齡：11 歲

就讀學校：牛津大學（捉妖系）

捉妖經驗： 3 個月

性格：聰明淘氣、遇事毛躁

最厲害的戰術：非常規戰術

保羅

身分：魔幻偵探所機械狗

年齡：100 歲

工作能力：無所不知的電腦資料
庫，善於用百分比分析事物

性格：異想天開、調皮、懶惰

最喜歡的食物：潤滑油

最具殺傷力的武器：追妖導彈

特級裝備

細妖繩

能夠對準魔怪迅速旋轉收縮，將它細緊綁實，繩子一旦落到魔怪身上，就像嵌入肉裏，魔怪越掙脫綁得越緊，當然放繩子時可要放得準才行。

無影鋼鐵牆

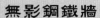

這堵牆其實就是氣流，它把氣流變成了無影無形的鋼鐵牆壁，能將敵人困在其中，衝不出去。

顯形粉

這是一種非常神奇的粉末，即使魔怪偽裝、隱形了也完全能顯現出它的原形。對了，「顯形」就是「現出原形」的意思！

裝魔瓶

能把魔怪收進裏面，使其在三天內化成清水的神奇瓶子。即使魔怪身形再龐大，也能收進瓶內。

幽靈雷達

能夠準確測定氣流存在的方位，並及時發出警報的裝置。它能跟蹤、測定魔怪在哪裏。不過，如果魔怪的魔力非常強，幽靈雷達有時候也可能測不到，它的更強大的功能還有待你去改進！

追妖導彈

能夠自動尋找魔怪，進行智能追蹤的導彈，這種導彈威力比較大，一般魔怪根本抵抗不了。

魔幻偵探開始行動！

目錄

第一章　木乃伊驚現

雷蒙德先生坐在搖搖晃晃的地鐵車廂裏昏昏欲睡，每次晚間加班，他都是乘搭倫敦地鐵中央線回家，在荷蘭公園站下車。這是最後一班地鐵了，車上沒有幾個人，也許是因為很晚了，其他乘客也都閉着眼睛靠在座椅上。

的確，此時已經是午夜十二點，這座城市中絕大多數人早就進入了夢鄉。除了這晃動的車廂，整個倫敦非常寂靜，只有這列孤獨的地鐵穿行在漆黑的倫敦地下隧道中。

就在快到荷蘭公園站的時候，不知怎麼回事，車廂裏的燈閃了幾下，雷蒙德睜開了眼睛，發現整個車廂只剩下自己一個人了。突然，車廂裏的燈一下全部暗了下來，雷蒙德感到非常詫異，這時，他猛然看見對面坐着一個發着綠瑩瑩微光的「人」，這個「人」渾身都用布包裹着。

「啊！」雷蒙德叫了起來，他的雙手一鬆，公事包掉在了地上。

那個「人」猛地站了起來，他「飄」到雷蒙德的身邊。雷蒙德發現，那人沒有眼睛，眼窩處只是兩個黑黑的洞。雷蒙德被嚇得渾身發抖不知所措。

會「飄」的「人」盯着他看了一下，嘴裏發出莫名其妙的聲音，雷蒙德嚇得半死，那個「人」從他左側移動到右側，然後「呼」的一聲就穿過了車廂，消失在黑暗的隧道中。

過了好幾分鐘，雷蒙德才睜開眼睛，此時車廂裏的燈重新亮起來了，那個「人」早就不見了，雷蒙德閉上了眼睛然後又睜開，他懷疑剛才自己可能產生了幻覺，不過直覺告訴他，剛才那個「人」的確存在。他掏出手絹擦擦頭上的汗，雙手止不住地顫抖着。

被嚇壞的雷蒙德也不知道自己是怎麼走出車廂的，下車後他立即報警。警方趕到後向他問明了情況，不過最後給出的結論是——雷蒙德是由於勞累過度而產生了幻覺。

然而，這種「幻覺」的結論僅僅維持了一天……

本傑明和海倫在南森博士的督導下，進行了「韋氏小精靈語言」通曉級別的考試，海倫考了95分，本傑明考了85分。為此本傑明有點不大高興，不過考分還是比較準確地反映了兩人的學習情況。本傑明對於博士播放的那段精靈語言的錄音，確實有一些聽不大懂，並且他一直有「心理負擔」，老是覺得自己是牛津大學的代表，海倫則代表着劍橋，自己怎麼也不能給海倫比下去。

為了在考分上儘快趕超海倫，一大早，本傑明就帶上耳機捧起教材，開始了苦學。小精靈那些嘰哩咕嚕的語言很難掌握，但是這是一項魔法師必須學習的課程——並不是所有的精靈都懂人類語言。

這是一個溫暖的早上，陽光早早就斜射進魔幻偵探所裏，博士很早就跑進了實驗室做試驗，海倫則去了圖書館。機械狗保羅看到本傑明在看書，搖着尾巴跑到他腳邊。

「不多見呀。」保羅用頭頂了頂本傑明的腿。

「老保羅！」本傑明扯下耳機，「路庫哇卡拉！」

「什麼？你說什麼？」

「路庫哇卡拉！」本傑明重複了一遍，「這是阿爾卑斯山精靈語言『你很討厭』，看我學得多用功！」

「哎，你總是這樣，你要明白學習的目的不是為了超過海倫。」保羅搖頭晃腦的，「這可是博士說的。」

「你也來教訓我。」本傑明俯身要拍保羅的腦袋，保羅馬上躲開。

「出去走走吧。」保羅鼓動他說，「一起去，最新的《賽車攻略》應該來了。」

「《賽車攻略》？」本傑明說着就把手裏的書扔到了桌子上，「那就走吧。」

本傑明和保羅出了偵探所，向街角那家小書店走去。很快他們就走到了那家書店門口，本傑明剛想推門進去，就看到書店門口陳列着出售的報紙中，《泰晤士報》的頭條標題非常醒目——《倫敦地鐵驚現法老遊魂》！

本傑明拿起了一份《泰晤士報》，迫不及待地看起來，看那篇標題醒目的獨家報道。

「走呀。」保羅看到本傑明看起了報紙，感到很奇怪。

「等一下。」本傑明拿起報紙衝保羅揚了揚，「我想我們又有得忙了。」

本傑明買了一份《泰晤士報》，帶着保羅匆匆趕回偵探所。他要趕快把報紙上的消息告訴博士。剛剛走到門口，本傑明迎面就看見海倫急匆匆跑了過來。

「你不是去圖書館嗎？」本傑明問。

「看這個。」海倫把手舉了起來，她的手上也拿着一份《泰晤士報》，與此同時她也看到本傑明手上的報紙，「你也買了？」

兩人連忙進了偵探所，一進門本傑明就喊了起來。

「博士！博士！有新聞。」

話音剛落，博士就從實驗室裏走了出來，他身穿白色的實驗服，手上帶着膠皮手套，顯然是正在配製什麼東西。

「什麼事呀？」博士好奇地看着兩個小助手。

「看看今天的新聞。」本傑明把《泰晤士報》遞給博士，「上面説倫敦地鐵有法老的遊魂，看樣子很像是真的呢。」

「地鐵裏好多人都在議論這件事情。」海倫説，

「我剛才乘地鐵回來的，乘客好像少了一些。」

「法老出現在倫敦？」博士摘下手套，疑惑地接過報紙看了起來。

《泰晤士報》的獨家新聞說，一名叫雷蒙德的先生午夜回家，在地鐵的荷蘭公園站遇到一個渾身纏着布條的人。而事發的次日，另一名乘客在地鐵即將駛入荷蘭公園站的時候，也同樣遇到一個那樣的「怪人」，這名乘客對古埃及歷史有些了解，他認為他遇到的「人」是一具木乃伊。

第三次目擊事件仍然是出現在地鐵中央線上，目擊地點在大理石拱門站，這個車站離荷蘭公園站不遠，這次的兩名目擊者聲稱他們清楚地看到了一具遊走着的木乃伊。

據《泰晤士報》報道，三次事件全部發生在午夜時分，警方對此事件仍然是將信將疑，不過警方排除了第一宗事件中當事人雷蒙德先生產生幻覺的可能性。

「倫敦有復活的木乃伊出沒？」博士想了想說，「不可思議，我打個電話給倫敦警察局。」

博士撥通了電話。海倫和本傑明相互用目光交流了

一下，兩個人也覺得這件事情挺神秘的。保羅在一邊把本傑明買的那份報紙攤開，很認真地看着。

　　博士打完電話沒有説話，他坐在沙發上緊皺眉頭，過了將近一分鐘，他抬頭看看兩個小助手。

　　「警察局説那篇報道基本屬實，不過他們現在還沒有搞清楚這是怎麼回事。」博士説話的語氣很嚴肅，「他們還在調查，如果確認真是有幽靈什麼的出沒，一

定來找我們破案。」

「那我們現在怎麼辦呢？」本傑明急忙問。

「也別太着急。」保羅説，「還沒搞清楚事情是怎麼回事呢，也許是有人裝神弄鬼呢……」

「我覺得……」海倫想了想説，「這件事可能不那麼簡單。」

「不能就這樣等待。」博士用肯定的語氣説，「遇到這種情況，我們應該主動一些。」

「那麼該怎麼做？」本傑明和海倫都有點激動，看樣子博士要有所動作了。

「我們晚上去乘中央線地鐵吧。」博士走到貼着一張倫敦地圖的牆壁前，用手指了指一條橫向穿越倫敦中心區域的細紅線——這條線代表倫敦地鐵中央線，「帶上幽靈雷達，查一下到底有什麼東西作怪，就算抓到的是一個裝神弄鬼的傢伙，也算除了一害。」

「去地鐵找木乃伊？」本傑明很是興奮，「我去檢測一下雷達。」

「只是去碰碰運氣。」博士一直盯着地圖在看，「誰知道木乃伊還會不會在這個路段再次出現呢？」

16

「是警方要求我們去的嗎？」保羅坐在地上，抬起頭對大家說道。

「老伙計，這個案子我們還沒接手呢。」博士低頭看看保羅。

「知道了，不過若真是木乃伊復活，可有意思了。」保羅晃了晃腦袋。

這一天偵探所的成員都感覺過得很慢，確實，這段時間沒有接什麼案子，大家都很空閒。這些天博士有時間就研製魔藥，海倫和本傑明則以學習為主，最有空的就是保羅了，現在終於又有事情可以做了，保羅很興奮。

下午，博士和大家一起簡單地分析了一下整件事情的經過。

晚上十點，博士帶着助手們出了偵探所，他們開車到了地鐵中央線的聖保羅大教堂站。這裏向西六站是大理石拱門站，向西十站是荷蘭公園站，距離中央線西端終點站則有十六站的距離。博士他們搜索的範圍很明確，不但事發地荷蘭公園站和大理石拱門站之間的站點要搜索，兩端各延伸出六站的距離內也要搜索。

博士他們一進地鐵站，明顯感到這裏和往日不一

樣，以往這個時間，地鐵裏乘客已經很少了，可是此時這裏卻有很多人在站內穿行，差不多每個人都手持相機和攝像設備，好多人一看就像是媒體記者。

「哈，挺熱鬧的呀。」博士抱着保羅説——地鐵是不能帶寵物進入的，此時保羅只能裝作玩具狗。

「都是搶新聞的。」本傑明聳了聳肩膀，「膽子倒是都很大。」

「什麼木乃伊復活，我才不怕呢！」這時，一個很壯實的青年男子和他的伙伴大聲説着話，從博士他們身後經過，這個青年很興奮，「我倒是要看看那木乃伊是什麼樣子的。」

「希望沒有白來！」他的伙伴同樣也很興奮，「要是那傢伙出現在我們樸資茅斯就好了，省得我們趕這麼遠的路。」

兩個青年説着話走了過去。

「連樸資茅斯的人都趕來了。」本傑明看着那兩個人的背影吐了吐舌頭，「盛況空前呀。」

「這世界真的很奇妙很有趣。」海倫笑了笑，「上午有人害怕木乃伊，改乘地面交通，晚上卻來了一羣木

乃伊的『愛好者』。」

　　進入地鐵站的候車站台，博士發現這裏增強了警力，有不少警察在幫着站台職員維持秩序。沒過一會，一列地鐵開來，博士他們上了車。車上不停地有記者走動，還有幾個記者對乘客進行現場採訪。

　　上車後海倫悄悄地拿出了幽靈雷達，她給雷達套上一個袋子以掩人耳目，保羅也開啟了魔怪預警系統。地鐵一直向西開去，越靠近事發車站，上來的人就越多。經過荷蘭公園站時，博士他們沒有下車，博士看了看手錶，此時是晚上十點半。

　　一路上幽靈雷達沒有任何反應，博士他們一直向西坐到了中央線西端終點站。到了終點站後，博士他們沒有下車，當然，那些記者和木乃伊的「愛好者」們也沒有下車，人們都等着「主角」的出現。

　　地鐵停了一會後掉頭向東面開去，這次博士他們又乘車回聖保羅大教堂車站。到站後他們下了車，博士看看手錶，此時已臨近午夜十二點了，根據前幾次的情況看，快到以往那個「木乃伊」出現的時間了。博士等人走到了站台的另一側，準備搭乘向西的地鐵，希望能在

19

那幾個敏感的地段遇到復活的木乃伊。

　　車還沒來，忽然，博士他們身後亂哄哄的。本傑明回頭一看，嚇了一跳，只見兩個狼頭人身的東西在一羣記者的包圍下走了過來，幾台攝錄機對着他們正進行「現場直播」。

　　「呵，安努比斯神也來了。」博士笑着說。

第二章　午夜遊魂

「安努比斯神？」本傑明的眼睛眨了好幾下，「什麼是安努比斯神？」

「就是古代埃及人信奉的掌管護衞木乃伊的神靈。」海倫説，「豺面人身，就跟他們一樣。」

海倫説着指了指那羣人，這些人好像也在候車。本傑明仔細地看了看兩個「狼頭」。

「原來是豺面，我還以為是狼呢。」本傑明自言自語地説道。

兩個豺面其實是頭套面具，突然，一個豺面人一把摘下頭套，原來他是一名二十多歲的青年，他的伙伴也把頭套摘了下來，兩個年齡相仿的青年頭上都出了不少汗。

「我就是安努比斯！」第一個摘下頭套的男青年對着錄影機的鏡頭做着鬼臉，「我要抓住那個木乃伊！」

有人把話筒伸到了他的嘴邊，這個青年頓時眉飛色

舞，情緒高漲，對着話筒侃侃而談起來。周圍的人這時越圍越多。

「我們去前面吧。」看到這裏的人很多，海倫怕擠壞了幽靈雷達，對博士説。

「那好，我們到車頭去。」博士點了點頭。

博士等人剛剛來到候車區最前方，一列地鐵就進站了，他們上了地鐵的第一節車廂。而那些圍着那兩個假扮安努比斯神的青年的亂哄哄的人羣，則擠進了車尾的車廂。上了車後，那兩個青年還是不停地對着攝錄機鏡頭演講。

地鐵啟動了，此時已經是午夜十二點多了，再過半個小時，這一天的地鐵就停運了。那個復活的木乃伊前兩次都是在午夜十二點後出現的。

海倫坐在座位上，眼睛老看着套着塑膠袋的幽靈雷達。雷達什麼反應都沒有，海倫看看博士懷裏的保羅，保羅也看着她，輕輕地搖了搖頭。

第一節車廂裏人不多，有兩個記者模樣的人抱着攝錄機在座位上昏昏欲睡。好多記者從晚上七八點開始就反反覆覆地乘坐中央線碰運氣，對於一個記者來講，能

夠拍到一張木乃伊出現的照片，就是找到了絕對的「猛料」，只是這活太累了。

這列地鐵有七節車廂，最熱鬧的地方當然在車的最後兩節——那裏有兩個木乃伊「愛好者」。很多記者認為，即使拍不到木乃伊照片，這兩個人的表演也有些報道價值。

地鐵很快就駛進了大理石拱門站，海倫有些緊張，不過手中的幽靈雷達還是一絲反應都沒有。

繼續向西飛馳的地鐵發出有節奏的車輪與鐵軌的摩擦聲，車廂外的隧道漆黑一片，不知道這次那個「木乃伊」是否還會出現，此時地鐵正行駛在最為敏感的路段上。

又過了一會，地鐵駛出了荷蘭公園站，「木乃伊」仍然沒有出現，本傑明覺得這個晚上算是白來了，此時已經接近十二點半。本傑明看看坐在自己對面座位上的博士，博士很是遺憾地聳聳肩。

就在地鐵剛剛駛出荷蘭公園站不久，車尾那邊突然發生一陣騷動，荷蘭公園向西一站就是牧羊叢林站，快進站時，好多其他車廂的乘客一下就湧進了第一節車

廂，這些人氣喘吁吁，非常緊張。

　　博士和海倫等人一下就站了起來，本傑明緊握拳頭，緊張地看着這些湧進來的人羣，車廂裏的人越擠越多。

　　「怎麼回事？」博士急忙問一個擠過來的乘客。

　　「我也不知道，他們擠了過來，我在第二節車廂。」那人回答。

「好像車尾出事了。」另一個人抓着車廂上部的扶手慌裏慌張地說，「我在第四節車廂，剛才聽見那邊的人亂叫，好像燈也暗了。」

正在這個時候，地鐵到了牧羊叢林站，車廂裏的人紛紛往外擠，博士他們也隨着人羣出了車廂。

「本傑明、海倫！」博士一下找不到兩個助手，急得喊了起來。

「博士，我在這裏。」海倫的聲音傳了過來，其實她就在博士身邊幾米的地方。

「我在這裏呢。」本傑明説着也擠了過來。

大部分人都向站台出口湧去，警察如臨大敵，努力維持秩序。博士找到了兩個助手，然後帶着他們向車尾跑去。跑到第五節車廂，博士一把拉住一名扛着攝錄機的記者。

「怎麼回事？！」

「木乃伊……那個木乃伊出來了，還打傷了一個人。」那名記者邊説邊向出口跑去。

這時，海倫正拿着雷達對着車尾方向邊跑邊搜索，車尾的兩節車廂此時已是空無一人。地鐵裏面的人全部下了車，車門在發出幾聲關閉警告後全部關閉，隨後開走了。

在站台出口，人們擠作一團，警察在疏導着人羣，整個站台非常混亂。海倫拿着雷達對着隧道又搜索了一下，還是沒有任何發現。

「木乃伊出現了？」博士握了握拳頭，「可惜，我們沒在車尾。」

「一定要找一個剛才在車尾的人談談。」海倫收起了幽靈雷達。

「對，我們也上去。」博士説。

博士他們隨着向上奔逃的人羣來到了地鐵站的出口。擁擠的人羣到了出口後終於散開了，不過很多人驚魂未定，圍在地鐵口議論紛紛，不少緩過神來的記者在地鐵口開始了採訪報道。博士剛出地鐵口，就看見一羣記者和乘客好像圍着什麼人，正七嘴八舌説着什麼。博士也努力擠了進去，一眼就看見剛才那兩個假扮安努比斯神的青年面色蒼白地坐在地上。好幾支話筒伸向這兩個青年。

「……真的看到木乃伊了嗎？」一個記者問，「請説説剛才的情況吧。」

「真的有木乃伊，他圍着我們轉，燈都滅了。」其中一個青年説，他的手裏還拿着那個頭套面具，「嚇死我了，我再也不來這裏了。」

「好像有人受傷了？」那個記者接着問。

「受傷的是一名記者，他對着那木乃伊拍照，木乃伊一揮手相機就飛了。」那個青年大口地喘着粗氣，

27

「那名記者也摔倒了，頭碰到椅子上，流了血，現在可能去醫院了……」

「木乃伊呢？」這次發問的不是記者，而是博士。

「不知道，我們嚇得拚命往前面的車廂跑，車到站後就擠了出來……哎，嚇死我了。」

「除了那個受傷的記者外，還有其他記者對着那木乃伊拍照嗎？」博士急切地問。

「不知道，好像一看見木乃伊他們都跑了……」

正説着，幾個警察和醫護人員擠了進來，他們扶起那兩名青年走向一輛救護車。這時，除了一些記者仍然在這裏做報道外，大部分圍觀者都散開了。

「我們回去吧。」博士説着往剛剛出來的地鐵出入口看了看，他看見一個地鐵員工正在關閉大門，「這次我們又要接案子了。」

第二天一早，博士他們就打開了電視，各家媒體基本上都在報道夜間地鐵裏發生的事件，但是所有的電視台都沒有播出任何木乃伊的圖片或者錄影。據報道，當木乃伊出現的時候，現場除了那個受傷的記者外，還有一個記者抓拍了圖像，但是印出來的照片上沒有任何木

28

乃伊的影子。

「人類的照相錄影設備是拍不到幽靈魔怪的影像的。」海倫看着電視報道緊張起來，「這樣看來那個木乃伊不是人偽裝的，而是真正存在。」

「嗯，可惜當時我們不在車尾。」本傑明十分惋惜地説。

「誰知道那個木乃伊會出現在那節車廂呢。」海倫的語氣中有些勸慰的意思。

「這倒是。」本傑明點點頭，「不過當時幽靈雷達沒有一點反應呀。」

「也許是距離太遠了。」博士突然説，「我們的位置在車頭，事發處在車尾，更重要的一點就是當時地鐵上有很多使用攝錄機的記者，電子設備太多對雷達接收會有干擾。」

「就是，我的雷達屏幕上老是有雪花亮點，肯定是受到干擾了。」海倫想起了什麼。

「我的預警系統好像也被干擾了。」保羅跟着説。

正在這個時候，電話響了，博士拿起電話，和對方開始了通話。

「警方將這個案件交給了我們。」博士放下電話後說，他的語氣變得嚴肅起來，「現在我們要到倫敦警察局去。」

隨後，魔幻偵探所的成員們趕到了上議院旁邊的倫敦警察局，門口早有一名警官等待着他們，這名警官把博士等人帶到了局長辦公室。

「凱文先生，你好。」博士一進門就向一位起身前來迎接的中年男子伸出了手，「好久不見了。」

「你好，南森博士。」名叫凱文的先生就是倫敦警察局的局長，和博士相互間很熟悉，他還衝海倫和本傑明點頭致意，「地鐵裏發生的事情你們肯定已經知道了……」

「知道了，當時我們就在現場。」

「你們在現場？」

「是的，可惜我們在車頭。」博士歎了口氣，「昨晚我們決定去碰碰運氣，不過運氣不夠好。」

「我明白了。」局長點點頭，「現在我們的專家認定這個案子不是人類所為，警方認為地鐵裏出現的怪物確實是個木乃伊，案件正式移交給你處理，警方會全力

支持你們的……不過……」

「不過什麼？」

「今晚開始地鐵十一點半就停止營運。」局長認真地說，「不僅僅是中央線，倫敦地鐵所有線路都一樣提早停運，這都是從安全角度考慮。昨晚幸虧沒有發生踩踏事件……」

「我們能理解……你是說每晚從十一點半開始地鐵就開始停運嗎？」博士推推自己的眼鏡。

「是的，四宗事件全都發生在午夜十二點以後。」局長說，「為了地鐵乘客的安全，只好這樣了……你們只能從其他方面考慮怎樣抓住那具復活的木乃伊了，你知道如果在地鐵裏進行守候伏擊，一旦局面失控，乘客的安全將無法保障，昨晚已經有人受傷了……」

「我明白。」博士的語氣有些沉重，「不過你真的給我們出了一道難題。」

「沒有什麼能難住你，博士。」局長接過博士的話，這當然不是什麼恭維，「你會有辦法的。」

「我盡力而為。」博士認真地說，「現在我想見見所有的直接目擊者，尤其是昨晚地鐵車尾的目擊者，這

個你來安排好嗎？」

「沒問題，我馬上通知。」

過了一個小時，在警方的安排下，所有目擊者陸續來到了倫敦警察局的一個接待室。博士見到了第一宗事件的當事人雷蒙德，隨後，博士又跟其他幾個目擊者談了話。最後來到接待室的，就是那兩名裝扮成安努比斯神的木乃伊愛好者。和他們一起來的，還有一名頭上包着紗布的男子——昨晚那名遭襲擊而受傷的記者。

「你們幾位請坐，現在由南森博士負責調查地鐵木乃伊出沒事件。」局長對在場的三位目擊者説，「他是魔法偵探，有些問題想向你們了解一下……噢，亨奇先生，你的頭好些了嗎？」

「縫了五針，其他沒什麼。」亨奇就是那名受傷的記者，他聳聳肩膀，「我當時以為死定了！」

「我也是，他圍着我轉……」那名曾經戴着安努比斯神頭套候車的青年心有餘悸地説。

「你是？」博士問。

「我叫莫里斯。」那名青年忙説，説着他指指身邊的另一位青年，「他叫羅賓。」

「噢。」博士對兩人笑笑，「莫里斯先生、羅賓先生，你們為什麼戴上安努比斯的頭套乘地鐵呢？」

「也沒有什麼特別的想法。」莫里斯抓了抓腦袋，「我們對古埃及的歷史比較感興趣，看到報紙上說倫敦地鐵有復活的木乃伊就來了，上車前羅賓說不如戴上安努比斯的頭套搞搞氣氛，沒想到……」

「想像和現實是有差距的。」羅賓攤了攤手，「當時我們想，要是遇見復活的木乃伊肯定很刺激，可是真的遇上時我的魂都嚇飛了，那場景真是……現在想想我都發抖……」

「具體的情況你們談一下吧。」博士看了看三個人。

「昨晚我們帶着頭套上了地鐵，一上去就有好多記者圍着我們拍照。」莫里斯看看羅賓，開始了回憶，「車剛開出荷蘭公園站不久，車廂裏一下就暗了下來。大家正感到奇怪，突然有個通體綠瑩瑩的東西飄到了我面前，他的腿用布包裹着，兩隻手臂沒有和全身綁在一起……」

「你把他的樣子描述一下。」

「跟大英博物館裏的木乃伊沒什麼區別，只、只不過他的眼睛和鼻子露在外面。」莫里斯説着開始微微地顫抖，「那樣子就像是有塊布圍在骷髏頭上一樣，兩個眼睛完全是黑洞洞的。他圍着我和羅賓轉了一圈，嘴裏好像還説着什麼……」

「我們身邊的空氣好像降到了零度，我倆不但發抖，還感覺很冷！」羅賓接過話説，「這時，所有的記者全被嚇得向前面的車廂跑去，除了這位亨奇先生……」

「我、我當時也感到冷。」那個叫亨奇的記者也跟着説，「我當時就在他倆身邊。」

「噢，亨奇先生，你當時對着木乃伊拍照了？」博士問。

「是的，這是個千載難逢的機會。」

「你不害怕嗎？」

「我很害怕，手抖個不停，我哆哆嗦嗦地拍了張照片。」亨奇用手比劃着説，「可能是閃光燈讓那個木乃伊反感，他一揮手我的相機就飛了出去，抓都抓不住……我好像還被重重地推了一下。」亨奇指指腦袋，

「頭撞到座椅上，流了不少血。」

「木乃伊沒有再攻擊你嗎？」博士接着問。

「沒有，他一下就飛走了……我是說飛出車廂了。」

　　「他在車廂裏停留的時間只有半分鐘，可能更短些。」羅賓插話說，「他飛出去後，車廂裏的燈一下就恢復了正常。」

　　「只有半分鐘時間……」博士自言自語道。

第三章　出動幽靈雷達

聽着幾個目擊者的描述，海倫覺得這個事件很不可思議。地鐵裏出現了木乃伊就已足夠令人不解，而這個木乃伊的舉動就更怪，他好像總是想對乘客說什麼話，無論是第一起事件的目擊者雷蒙德還是眼前的莫里斯和羅賓，他們都説聽見木乃伊對自己説着什麼。而從這具木乃伊能夠隨意穿行在地鐵和隧道中的舉動看，確實可以排除人為裝神弄鬼的可能性。

亨奇在回答完博士的問題後，從背包裏掏出一個相機，他拿着相機衝博士和局長晃了晃。

「你們肯定都知道，另外還有個記者在稍遠的地方對着木乃伊也拍了張照片，不過拍出來的照片上只有發抖的這兩位先生。」亨奇用手指了指身邊的莫里斯和羅賓。

「是的，這個我們知道。」局長説，「如果有那個木乃伊的圖像照片，那是最好的。」

　　「我的相機是數碼相機，被木乃伊打飛後，裏面存儲圖片的記憶卡沒有壞。」亨奇說，「我把記憶卡插入到這部新相機上了……」

　　「怎麼，從這部新相機上可以看見木乃伊嗎？」局長和博士都興奮地問。

　　「沒有。」亨奇把嘴一撇，臉上露出無奈的表情，「照片上只有這兩位先生。」

亨奇打開了他的相機，並調出了那張照片。照片還算拍得清晰，上面只有瑟瑟發抖的莫里斯和羅賓，莫里斯已經把頭套拿了下來，他的表情極其痛苦，嘴巴張開着，而羅賓還戴着頭套，雙手死死地抱着一根豎立的扶手杆，照片上還有一個乘客。

「沒錯，就是那時照的。」亨奇證實道，「當時我還以為拍到了獨家照片。」

「可惜主角無法顯示。」博士從亨奇手裏拿過相機仔細地看了看，「對了，當時車廂裏有很多人持有攝錄設備吧？」

「是的，我看最少有十幾架攝錄機。」亨奇想了想，「各家電視台報道社會新聞的記者都在，很多人我都認識。」

「難怪幽靈雷達受到了干擾。」博士對海倫和本傑明說，「那麼小的區域集中了這麼多電子設備，已經形成了電子遮罩，幽靈雷達就怕這種阻隔信號的遮罩。」

「要是我在那裏就能拍下木乃伊的照片了。」保羅走過來說，「我有專拍魔怪的設備。」

莫里斯等人好奇地看着這隻會說話的小狗，博士從

亨奇那裏借了根連接線，把那張「沒有主角」的照片複製到保羅身上的記憶體裏。

隨後博士和局長送走了莫里斯、羅賓和亨奇。偵探所成員也離開了警察局。他們回到偵探所後，一進門博士就坐到一把椅子上，海倫、本傑明和保羅在一邊看着他。

「很棘手的案子。」博士看看海倫，又看看本傑明，「你們怎麼看？」

「我、我想這可能真是魔怪所為，不過他的目的是什麼現在誰也搞不懂。」本傑明思索着說道，「如果真是木乃伊，他怎麼會出現在倫敦呢？這裏不是埃及呀……另外，木乃伊怎麼能復活呢？」

「問題不少，他怎麼老是在凌晨出現在地鐵裏呢？」海倫說。

「他能在隧道裏自如穿行，進出行駛中的地鐵很輕鬆。」保羅也跟着說，「法力肯定很高的，我們怎麼對付他呢？」

「這些全都是要找到答案的問題。」博士咬咬嘴唇，微微點着頭，「今晚地鐵十一點半就關閉，不知道

他會在哪裏出現，或者說他還會不會再出現。」

　　這個問題倒是本傑明和海倫沒有想到的，他倆互相對視了一下，都沒有說話。博士走到了牆上貼着的地圖旁邊，他看着地鐵中央線木乃伊四次出現的區域，手指用力地在那裏點了幾下。

　　「現在最首要的任務是找到他的巢穴。」博士看着地圖說，「但現在只知道個大概區域。」

　　「用幽靈雷達在這個區域搜索吧。」本傑明走到博士身邊說，「不過我們人手不夠。」

　　「這個區域面積確實不小……」博士低聲說。

　　「要是能夠把範圍縮小一些就好辦點。」本傑明看着地圖上的中央線地鐵說。

　　「博士，我有個想法。」海倫突然說，「這具木乃伊是不是從哪家博物館裏跑出來的呢？我們可以在這個區域的博物館裏找找。」

　　「你是說博物館裏的木乃伊復活了？」本傑明瞪大了眼睛。

　　「海倫這麼想倒是很有道理的。」博士用鼓勵的語氣說，「收藏木乃伊最多的地方應該是大英博物館

了。」博士指着地圖上大英博物館的位置，「也在中央線上，向東四站就是大理石拱門站……但是有條新聞你們可能沒有看到，有報道說倫敦各個博物館裏的木乃伊都沒有丟失。」

「啊？我不知道這條報道。」海倫連忙說。

「記者們已經捷足先登了。」博士說，「他們調查了那些收藏木乃伊的機構，沒有發現木乃伊丟失，昨天中午我看到了電視報道。」

「我還以為能有所發現呢。」海倫感到有些遺憾。

「不要灰心，」博士望着海倫，「也許有這樣一種形式：那個木乃伊只在夜間復活，就出來遊蕩，早上又回到了博物館裏。」

「聽上去很可怕呀。」海倫吐了吐舌頭。

「只是一種可能。」博士說，「不過木乃伊怎麼會復活，或者說會遊動呢？我還要仔細查查資料。」

「我覺得可能是什麼魔怪冒充木乃伊。」本傑明說，「而且法術不低。」

「這個……」博士停頓了一下，「如果是魔怪的話，可能早就做出了血腥的事情了，不過目前也不能下

42

定論，疑點還太多。」

「這……」本傑明又想了想什麼，不過他沒再説話。

「現在我們該怎麼辦？」海倫問。

「你們看。」博士指着地圖説，「倫敦有木乃伊的博物館很少，這個區域內的大英博物館和人類博物館都有木乃伊展廳，我們在這兩個博物館放置幽靈雷達，如果真是那裏的木乃伊復活，我們就能收到警報。」

「這是個好主意。」海倫和本傑明臉上都露出了笑容。

「我還要去查查資料。」博士吩咐道，「你倆現在就去安放幽靈雷達，我找警方的人和你們一起去。」

隨後，在警方人員的陪同下，海倫去了大英博物館，本傑明去了人類博物館。他們按照博士的安排，兩人分別在兩個博物館的木乃伊陳列區域裏巧妙地安放了幽靈雷達。兩台雷達上都有發射裝置，一旦有魔怪反應會立即向保羅身上的魔怪預警系統發送信號。

兩個博物館離貝克街都不算太遠，海倫和本傑明完

博士在博物館放置幽靈雷達，等候木乃伊出現的偵探方法，叫做「守株待兔」。這種方法適用於作案者在暗處，其活動範圍較為固定的作案方式。這些幽靈雷達真的能捕捉到木乃伊出現的信號嗎？

44

成任務後即回到了偵探所。博士詢問了一下兩人安放雷達的情況，然後告訴兩個助手，他已經查詢了以往的資料，沒有發現有木乃伊復活或者是夜間遊動的例子，不過法老的詛咒倒是發生過很多次。

「法老的詛咒！」本傑明說，「我聽說過，好像是進入金字塔的竊賊會受到詛咒……是這樣吧？」

「我也聽說過，以前很多打開法老石棺盜竊的傢伙都沒有什麼好結果。」海倫神情稍顯緊張，「法老的石棺上刻有咒語，專門對付那些盜墓的傢伙。」

「法老的詛咒流傳已久，第十八代埃及法老圖坦卡蒙的陵墓在1922年被發掘，他的陵墓中刻有『誰要是干擾法老的安寧，死亡就會降臨到他頭上』的銘文，參與挖掘陵墓的二十多個人先後死了幾個，很多人得了疾病，還有的因神經錯亂而致死。」博士說，「這還不算完，從這個墓葬中被盜走的一枚聖甲蟲形珠寶飾物，被一名南非海員從賭桌上得到，並把它給了自己的女兒，不久這名海員就淹死了，他的女兒也得病死去，家人最後將此物歸還給了埃及政府。」

「啊，真是太可怕了。」海倫不由得握緊了兩手。

「這種詛咒應該和我們魔法師使用的魔法口訣一樣，但是他沒有被唸出，而是被刻成銘文並發揮作用。」

「是不是可以這樣理解，古代埃及有人掌握着威力強大的魔法。」本傑明目不轉睛地看着博士説。

「這個還不好説，古埃及是個神秘的國度。」博士説，「但如果是木乃伊復活的話可能和某種咒語有關⋯⋯不管怎麼樣，關鍵是先要抓住他。」

「不知道他晚上還會不會出來？」海倫説道，「更不知道他將出現在什麼地方？」

「再次出來的可能性很大。」保羅的語氣毫不遲疑。

「做好準備，晚上十二點後我們隨時都有可能出動。」博士活動了一下手臂，「我們下午好好休息吧。」

偵探所的成員在初步分析了案情後，開始了一些必要的準備，顯形粉、綑妖繩、急救水、魔怪貼，還有保羅的追妖導彈都被檢查了一遍。保羅開啟了預警系統，此時已經開始接收到安放在博物館的幽靈雷達傳回的信號，不過從顯示的情況看，一切正常。

第四章　遊魂再現

倫敦的下水管道密布在城市下方，其中的主管道很高也很寬敞，兩三個人在裏面並排行走也不成問題。每到凌晨一點，都會有管道工人進行巡檢，維修損壞的地方及發現隱患，以確保管道的暢通。選擇在凌晨開始巡檢，原因很簡單——這個時候城市的用水量是一天中最低的，用水高峰期很多地段的水能沒過維修工人的小腿，這當然是不利於維修工人行走和工作的。

這天的凌晨一點，管道維修工人馬松和文森特從地面下到地下水管道裏，任務就是對公園街的下水管道進行巡檢。此時全倫敦幾乎所有的下水管道裏，都在進行着這樣的例行巡檢。

馬松和文森特各自拿着一支手電筒。馬松下到管道後，打開了這一路段的照明燈，所有下水管主管道頂部每隔十幾米就裝有一盞能夠防水的照明燈，此時，剛才還漆黑一片的管道裏有了亮光。

　　對於巡檢整個工作，兩個人是駕輕就熟，邊走邊用手電筒照着管壁，馬松還不時吹着口哨，靜靜的管道中，此時只有兩人的腳步聲和輕輕的流水聲。

　　兩人行走的身影被微亮的燈管映射到管壁上，這是一高一矮兩個搭檔。

　　「喂，馬松。」文森特邊走邊說，「昨天晚上我看了部恐怖片，差點把我嚇死！」

　　「哼，那有什麼可怕的。」馬松不屑一顧地說，「我就不怕，別說是假的，真的我也不怕，我這人天生就是膽子大。」

　　「我可是不如你……告訴你吧，我看的那片子真的太恐怖了，一晚上都沒睡着覺……」

　　「那你還要看？」

　　「不是我要看，是我太太非要看，我陪她看的。」

　　「哈哈，你的膽子還不如你太太大。」

　　「嘿嘿……她膽子是挺大的……」文森特笑了笑，他走在馬松的前面，突然，他停下了腳步。

　　「喂，兄弟，走呀。」馬松走了上來，很不滿地說。

「別動，前面好像有什麼聲音。」文森特的手抖了一下，「就在前面。」

「能有什麼聲音？」馬松也站住了，「不就是滴水聲嘛。」

兩人的前方的確有根比籃球直徑大些的支路管道，正在向主管道滴着水，這是很正常的現象。

「不是滴水聲。」文森特緊張起來，他看看馬松，「好像有什麼聲音，像是有人在哭。」

「啊！」馬松一把就抓住了文森特的胳膊，聲音直發顫，「你、你、你、你不要嚇我呀，我、我膽子其實也不大，是不是別的維修工走到我們這條管道裏了，以前我巡檢的時候就有走到其他管道裏的經歷，嚇了人家一跳。」

「你不要緊張呀。」文森特感到自己也抖了起來，「也許你說得對，我們過去看看，也許沒什麼事情。」

「過去看看？！……那你在前面走，我在後面保、保護你。」馬松不由分説地躲到了文森特的身後。

文森特回頭看看馬松，然後小心翼翼地向前走去。兩個人邁着很小的步子，慢慢地向前移動着。前面的燈

光非常暗，幾乎看不到亮光了，文森特猜想那盞燈可能已經壞了。

管道裏只有滴水聲和流水聲，兩個人沒有聽到什麼哭聲。文森特覺得是自己剛才聽錯了，他的膽子慢慢又大了起來，他拉了拉馬松，兩人開始試着邁着大步子向前走去，走了幾步，馬松的膽子也大了起來。

「你真是神經過敏。」馬松很不滿地説，「就會製造緊張空氣，要不是我膽子大，早被你嚇暈了。」

「不好意思，我聽錯了。」

前面幾米遠的地方，是這根管道和另外一根管道的交匯處，不知道怎麼回事，這裏的燈好像也壞了，兩人憑藉着手電筒的光亮向前走了幾步，馬松這時走到最前面。

突然，幽暗的管道轉角那裏，出現了一個綠瑩瑩的人，他扶着管道壁站在那裏，正一動不動地盯着兩個維修工人。

馬松隨意用手電筒照着路，一束電光一下掃過了那個人的臉，只見那人的臉被布纏着，只露出兩個黑洞洞的眼睛，臉上鼻子的部位分明也是個黑洞。這時馬松距

離那個人只有不到五米的距離了。

「啊！——」馬松忽然大叫一聲，暈倒在地。

「啊！——」文森特也看見了那個人，手電筒一下就掉在了地上，渾身戰慄不知所措。

那個「人」飄到文森特身邊，彎腰撿起了他的手電筒，拿在手裏看了看。文森特發現這個「人」渾身都被布包裹着，黑暗的管道中，他的身體發出綠色微光。

被包裹着的「人」圍着文森特「飄」了一圈，突然，他面對着文森特，身體裏發出的微光映射着他臉上那兩個空洞。文森特被嚇得緊緊地閉上雙眼，緊咬牙關，他早就腿發軟手亂抖，心跳急速加劇，氣都喘不過來了。

那「人」發出了一串讓人聽不懂的聲音，隨後「呼」地一閃就不見了蹤影。過了好半天文森特才睜開眼睛，看到那「人」已經走了。他小心翼翼地看看周圍，管壁頂燈已恢復了原有亮度；他又看看躺在地上的馬松，接着輕輕地抬了抬自己的腳，還好，腳還抬得起來。

「馬松、馬松！」文森特小聲叫了幾聲，看看馬松

沒有什麼反應，他掏出了褲袋裏的一部對講機，「值班室、值班室，快來救人……」

快到凌晨兩點的時候，魔幻偵探所中傳出一陣急促的電話鈴聲，早就等在一邊的博士一把就抓起了電話，本傑明和海倫此時也緊張地站了起來。

「下水管道……公園街……好的……知道了……」博士對着電話說道，「……知道了，馬上趕到。」

博士的小助手們都知道出事了，保羅已經向門口走去。

「他出現在下水管道。」博士邊掛電話邊說，「公園街那裏，靠近貝斯沃特路，有兩個維修工人遇見了他！」

「那裏……也靠近大理石拱門車站。」海倫想了想說。

「對，我們現在去那車站旁邊的醫院，有個工人被嚇暈了……」

博士一行匆匆趕到了一間醫院，那裏距離出事的地方很近。剛到醫院門口，博士就碰到了同樣匆匆趕來的

凱文局長。

　　在一個留院觀察室裏，博士和局長見到了維修工人馬松和文森特，馬松已經蘇醒了，醫生沒發現他有別的異常。文森特將剛才的情況講給博士他們聽，他告訴博士剛才自己遇見的是幽靈。

　　「你們遇見的幽靈，是不是和我們通常説的木乃伊差不多。」博士問他。

　　「應該就是……」文森特好像不太確定。

　　「什麼應該？本來就是，就是一具木乃伊！」馬松躺在病牀上，糾正着自己的同伴。

　　「你確定？」局長走到馬松的牀邊。

　　「當然，電視裏見過，博物館裏也見過，一模一樣。」馬松接過話來，驚魂未定，「不過是一個在下水管道裏，一個在博物館裏。」

　　「他沒有表現出攻擊意圖？」博士朝病牀那裏看了看，繼續問文森特，「就是説他是不是想傷害你們？」

　　「要是他展開攻擊你還能在這裏看到我們？」馬松又搶過話，「哎，看看他的樣子就把人嚇死了，不用他攻擊……」

「他好像沒有要攻擊我們的意圖。」文森特緩緩地說。

「你剛才說他對你說了些什麼，對嗎？」

「是的，不過我聽不懂。」

「那口氣像是威脅嗎？」

「不知道……我當時腦子一片空白……」

「他早被嚇傻了！」馬松在牀上喊起來。

就在這個時候，觀察室的門一下被推開了，一名警察探出頭來。

「他又出現了！」那名警察神情緊張，「有人遭到了襲擊！」

「噢！我的天呀！」馬松先叫了起來，「我再也不到那該死的管道裏去了！」

局長和博士等人急忙起身離開了觀察室，本傑明關上了門，裏面馬松還在吵鬧。

「怎麼回事？」局長連忙問。

「海德公園的馬爾巴勒門地下停車場有人受到攻擊。」那警官說，「據說又是那復活的木乃伊，具體情況還不是很清楚……」

　　「我們馬上過去！」博士的語氣非常急切，「海倫，打開幽靈雷達！」

　　大家一起趕到了出事地點，已經有好幾輛警車亮着警燈停在那裏了。在一名警察的帶領下，博士他們把車開進了地下停車場。

　　停車場很大，裏面給人冷颼颼的感覺。這是一個三層結構的超大型地下車庫。在最下面的一層，博士看見兩輛警車閃着燈停在一個地方，那裏應該就是出事地點了。

　　博士他們停好車，向警車走了過去。海倫邊走邊用手裏的雷達向四周搜索着。保羅也警惕地看着四周。

　　「報告局長，這個地方有人剛遭到了木乃伊的攻擊。」一名警官對着局長立正敬禮，「停車場的保安員發現了那個受傷的人，傷者已經被送到醫院……」

　　「是我發現的，我聽到有人喊救命，跑過來看見霍爾特先生躺在那裏。」停車場的保安員就站在警車旁邊，他看了看局長，「霍爾特先生説他被木乃伊攻擊了，不過木乃伊已經跑了。」

　　「你認識受害者？」博士問，「傷得重嗎？」

　　「霍爾特先生就住在街對面，這裏有他的固定停車位。」那名保安員比劃着説，「他傷得不重，不過流了一些血。」

　　保羅果然看見地上有血跡。幾名警官正在進行現場勘查，博士在這裏看了看，他向海倫招了招手，海倫跑了過來。

　　「有什麼發現？」博士問。

　　「沒有任何幽靈存在的跡象。」海倫對博士搖搖頭。

　　「我們去醫院。」博士對局長説道，「具體情況要問問那個被襲擊的霍爾特。」

　　博士已獲悉，受傷的霍爾特也被送進了管道維修工人馬松住的那家醫院，傷勢並無大礙。

　　博士等人到了醫院，在一間病房裏大家看到了此類事件的又一個直接接觸者——霍爾特先生，他大概有四十多歲，頭和胳膊都纏着紗布，醫生説他的傷是摔倒後的擦傷。

　　「霍爾特先生，打擾了。」局長對霍爾特説，「由於情況緊急，我們需要掌握一些情況，很抱歉……」

「我能理解，我沒什麼事情⋯⋯」霍爾特勉強笑了笑，他還活動了一下被包着的手臂，表示自己沒事。

「那就好。」局長隨後轉入了正題，「你能確定受到的就是木乃伊的攻擊嗎？我們要知道詳細情況。」

「肯定是木乃伊的攻擊，埃及我去過，大英博物館我也去過。」霍爾特的語速比較快，「這幾天的報道我也看了，沒想到給我碰上了。」

大家都認真地聽着他的講述，此時外面的天空已經開始微微發白了。

「今天我起得早，我要開車去曼徹斯特，八點半在那裏有個會議。」霍爾特的眼睛盯着天花板，「大概是四點鐘的樣子，我到地下車庫取車，快走到我的汽車停放地時，突然發現身邊一輛汽車的司機位上坐着一個⋯⋯一個發着綠光的人，他臉上纏着布，手握着方向盤，我快被嚇死了，突然，那個人『呼』地一下就飛到了另一輛車的前排座位上⋯⋯」

「他是飛着進去的？」博士打斷了霍爾特。

「對，從一輛車飛進另一輛車。我盯着他看，他也盯着我看，突然，他朝我走⋯⋯不對，是飛了過來，他

從那車裏飛了出來！」霍爾特的身體不由自主地顫抖了一下，「我看清了，他是一具木乃伊，兩個眼睛是兩個黑洞，我嚇得大叫救命，還用公事包砸他⋯⋯」

「等一下，是你先用公事包打他的？」博士再次打斷了霍爾特。

「當然，我想把他趕走呀。」

「你的膽子真大，你是從事什麼行業的？」博士好奇地問。

「家具銷售。」

「一直是幹這個嗎？」

「不是，以前當過兵，在SBS服役。」霍爾特臉上有一絲驕傲。

「哇，海軍陸戰隊特別舟艇隊！」本傑明用敬佩的目光看着霍爾特。

「呵，是特種部隊⋯⋯明白了。」博士點點頭，「請你繼續。」

「他好像生氣了，對着我一揮手，頓時有股很大的風一下把我掀倒。」霍爾特説着用手指指自己的頭，「我的頭碰到一根柱上撞破了，手也撞傷了。」

「然後那具木乃伊就不見了。」博士接過霍爾特的話説。

「是的，他一下就不見了，然後停車場保安員就趕來了。」

「好的！我們先了解到這裏，你好好休息，祝你早日康復。」博士起身説道。

幾個人離開了病房，來到走廊裏。博士看看窗外，此時已是黎明時分了。

「局長先生，你做得對。」博士對局長說，「要是不關閉地鐵，木乃伊的每次出現真的可能都會引起難以想像的後果。」

「是的。」局長說，「這具木乃伊根本就沒有停止活動，從目前發生的幾宗事件來判斷，他每次都在夜間的十二點以後出來活動。」

「這也符合那些幽靈魔怪的活動時間。」博士贊同地說，「好了，你回去休息一下吧，我們也回去了。現在是早上，他應該不會有什麼活動了。」

第五章　正面的交鋒

大家在醫院門口分了手，博士等人趕回了偵探所。此時已將近早上六點，儘管忙了一個晚上，大家卻絲毫沒有睡意。

「來，你們都過來。」博士把幾個助手叫到了牆上那張倫敦地圖前。

「在這宗案件中，鎖定木乃伊的活動區域是非常重要的環節，每次木乃伊出來的時候，我們安放在博物館裏的雷達都沒有傳來信號，看來他不是博物館裏的木乃伊。」博士說着用手指了指地圖上的大理石拱門車站，這個地方在海德公園的東北角，隨後博士把手指向左面滑動了一點，手指停在了荷蘭公園區域，「從大理石拱門到荷蘭公園，一共有三千多米，這是一個直線範圍。」

「今天出事的兩個地點都在這個範圍裏。」海倫點着頭說，「好像重點區域應該靠近大理石拱門那裏。」

「從今天的情況看是這樣的。」博士説着把手指移動到了海德公園右側的公園街,「維修工人遭遇木乃伊的地點,在大理石拱門南面四百米的下水管道裏,而那個停車場就在大理石拱門西面一千多米處。」

「這個範圍相對就小一些了。」本傑明説。

「對,木乃伊今晚肯定還會出來,我們只要在這一帶多放置幽靈雷達,不難找到他的蹤跡。」

「那在什麽地方安置雷達呢?」本傑明問。

「呵呵,從這些天的情況看,我們可以總結一些規律。」博士指着大理石拱門車站,「第一就是他只在凌晨十二點以後出現,第二就是他從來沒有在地面上活動,地鐵關閉後他就在下水管道和地下車庫裏出現,所以我們只要在這片區域內的地下設施裏安裝一些幽靈雷達,就……」

「就能找到他!」本傑明很興奮地揮了揮拳頭。

「不過要有很多雷達呢。」海倫想到了一個問題。

「這個好解決,我們去魔法師聯合會借一些來,安裝時讓警方協助我們。」博士想得很全面,「這個區域裏大型地下設施的具體位置我們還不知道呢,也要找警

方來幫忙。」

「我覺得應該在下水管道中多安放一些，那裏四通八達。」海倫説。

「對，下水管道、地下車庫，還有二戰時期留下的防空洞，都不能放過。現在我先和警方聯繫一下，先估算一下應該放置多少台幽靈雷達。」博士説着走向電話機，「荷蘭公園那裏也要放一些，一會有我們忙的了。」

不一會，就有兩名警官帶着一張標有倫敦全城地下設施的地圖來到了魔幻偵探所。再過了一會，又有三名警官趕來，他們是來協助博士他們安放幽靈雷達的，因為很多地下設施沒有得到警方許可是無法進去的。

根據地圖上的標示，博士很快就算出一共要在搜索區域內安放幽靈雷達的數量，大約要三十多台。隨後，博士馬上聯繫了倫敦魔法師聯合會的負責人。過了一個小時，聯合會就派人送來了博士需要的幽靈雷達。

偵探所的三個偵探各帶着十幾台雷達，每人各跟隨一名警官出發了。博士計劃趕在夜幕降臨之前安放好雷

達，具體的安放地點都進行了詳細劃分。

　　由於有警方人員的協助，安放雷達的工作進展順利。最快的是本傑明，他在中午十二點前後就將自己手上那十幾台雷達安放完畢。讓他很興奮的是，這麼多年來一直不了解的倫敦城下複雜的下水管道，他也終於有機會看到了。

　　博士第二個安放好雷達，他回到偵探所時已經是下午兩點了。快到三點的時候，海倫也回來了。連續多個小時的工作，三個人都感到非常疲倦。

　　「保羅，你的預警系統測試正常嗎？」博士問。

　　所有在地下設施安放的雷達都和保羅的預警系統進行了連通，任何一台雷達一旦發現目標，都會向保羅發出信號。

　　「完全正常，你放心吧。」

　　「很好。大家都回房間裏休息吧，晚上可能更忙呢。老伙計，你好好站崗吧。」博士笑着對保羅説，「不過木乃伊好像不喜歡下午出來，你也別緊張。」

　　「我不緊張，你去睡吧。」保羅晃晃尾巴。

　　晚上十點，博士開着自己的菲亞特「老爺車」，帶

着助手們來到了大理石拱門車站。

這個地區被博士認定為重點區域，博士把汽車開到一條僻靜的小路停下車，幾個人都呆在車裏沒有下來。海倫和本傑明手裏各拿着一台幽靈雷達。

博士又看了看錶，然後掏出手提電話，和局長通了三分鐘的電話。

「警方通知那些下水管道的維修工人，務必在十二點前做好檢修工作。」博士對三個助手說，「還特別告知如果遭遇到木乃伊不要貿然進攻。」

「哈哈，我看沒有誰像霍爾特那麼兇悍了。」本傑明笑了起來，「敢攻擊幽靈，不愧是特種部隊出身。」

「警方想得很周到。」海倫用讚賞的口氣說。

「嗯，凱文局長是個很細心的人。」博士點點頭，「他們還通知那些夜晚在地下車庫工作的人，發現木乃伊的蹤跡要馬上報告。」

時間很快就到了午夜，十二點一過，包括博士在內，大家的神情一下子都緊張起來，木乃伊可能隨時出現。

午夜的街道十分寂靜，路上沒有什麼行人，連來往

的車輛都很少，那些放置了幽靈雷達的地下設施裏一定更寂靜了。博士讓保羅坐到了前排座位上，保羅後背上已經升起了一塊顯示屏，一旦有什麼魔怪蹤跡出現，屏幕上就會立即顯示。與此同時，博士手裏拿着一張地圖，那是向警方借來的，這個區域所有大型的地下設施在上面都有標注。

　　大家靜靜地等待着，時間一分一秒的在走過，到了凌晨一點多，保羅的預警系統仍沒有任何反應。

　　「真是急死我了。」本傑明握着手中的一台幽靈雷達説，「怎麼還不出來呢？」

　　又過了一個小時，還是不見木乃伊的蹤影，本傑明真有點坐不住了。

　　漸漸地本傑明堅持不住了，打起了瞌睡，不過他想睡覺又睡不着，這滋味還真不好受。正在這個時候，保羅後背的顯示屏幕上突然跳出一個綠點。

　　「博士，他來了！」

　　保羅的這句話如同興奮劑注射在本傑明身上一樣，他一下就跳了起來，頭差點碰到車頂。

　　「我看見了，他在移動。」博士盯着屏幕説，上面

的那個綠點在不停地移動着，速度不是很快。

「在左前方八百米的地方。」保羅説，「好像走走停停的。」

「那裏以前是個防空洞，現在是個儲藏倉庫。」博士看了看地圖説道，隨後他發動了汽車，「鎖定他，我們走！」

車子一下就開上了路，發現了目標後大家都很激動，本傑明手裏的幽靈雷達上也有了一個微弱的信號。

「哇，他好像加快了速度了！」保羅説，「好厲害的傢伙，穿地行進速度真快！」

「確實厲害！」博士看了看屏幕，「啊，他進了下水管道了。」

那個移動的綠點突然不動了，估計已經從剛才那個倉庫向西移動了五百米進入了下水管道。而此時博士他們距離綠點所在位置不到三百米，本傑明和海倫手中雷達上的信號越來越強烈，上面顯示的移動物已經被完全鎖定。

「不動了！正好我們來抓他！」本傑明看着自己手中的雷達興奮的叫起來。

　　博士把車停在了路邊，三個人和保羅都跳下車來。

　　「前方二十米的地下，深度九米！」博士對照了一下手中的地圖，「是個下水管道，我們用穿牆術下去，把他圍住，用綑妖繩抓他！」

　　「好的！」本傑明和海倫都使勁點點頭。

　　幾個人向前跑了幾步，博士站定不動了，他用手朝腳下指了指。

　　「擋不住我的心也擋不住我的形！」博士和幾個助手一起唸了句口訣。

　　頓時，幾個人一下就穿越地面進入到地下，下面正是下水管道。落到管道後，幾個人立即環顧四周，但是沒有那個木乃伊的任何蹤跡。

　　「他又走了。」保羅小聲說，「不在管道裏，他向北穿地走了！」

　　「是不是發現我們了？」海倫問。

　　「趕緊追！」博士命令道。

　　「地心鑽機！」大家再次齊唸穿地口訣。

　　博士、本傑明、海倫以及保羅一下就穿越管壁，如同地下鑽機一樣在泥土中穿行。保羅在最前方引導着行

進方向，大家向前移動的速度不是很快，但他們準確地跟在那個目標物體的後面。

在地下穿行了大概五分鐘後，他們忽然進入到一個地下建築之中。博士等人站穩後，四下看看。

「是個地下停車場。」博士低聲地說道。

這裏果然是個停車場，遠處好幾排汽車靜靜地停放着，他們站立的地方正好在一輛貨車後面。

「那個傢伙就在這裏！」保羅壓低聲音說道，「右前方，大概六十米。」

「他不動了。」海倫看看手裏的雷達，「估計他沒有發現我們。」

「這可是好機會。」本傑明彎着腰，把頭從貨車車廂後面伸出來看了看。

整個停車場很大，裏面沒有停滿汽車，更加顯得空蕩蕩的。博士把頭伸出去觀察了一下地形。

「海倫、本傑明，你們一左一右地包抄過去，到他的側後方！」博士用手比劃着說，「我和保羅從正面接近他，先把他圍住！記住，聽我的指揮，不要貿然發起攻擊！」

「好的，博士！」兩個助手異口同聲說。

海倫從左、本傑明靠右包抄了過去，兩個人借助那些停泊着的汽車作為掩護，慢慢向前推進着。看看兩個人前進了三四十米，博士拍了拍保羅的後背，和他一起從正面慢慢地向前開始推進。

三個人都已經鎖定了目標，不一會，海倫和本傑明就一左一右出現在那個目標的兩側，博士也從正面接近了目標。在距離目標十幾米處，博士停住了腳步，他和保羅小心地躲在一輛車的後面。

博士將身子小心地探了出來，唯恐弄出一丁點聲響。就在博士的正前方，出現了一幕他從來沒有看到過的景象，只見一輛汽車的駕駛室裏，坐着一個渾身發着綠色熒光的木乃伊，這是一具真正的木乃伊，和那些遭遇者描述的一模一樣。木乃伊正雙手握着方向盤，像是在開汽車，不過那車一動不動。

冷寂的地下車庫裏靜得連掉一根針都能聽見聲音。博士靜悄悄地從車尾走了出來，剛走幾步，那個在「駕駛」汽車的木乃伊猛地看見了博士，他的雙手不動了。

博士在距離木乃伊不到十米的地方站定。他和木乃

伊靜靜地對視着，時間足有半分鐘。

　　「你出來！」博士指了指汽車裏的木乃伊説道，不過他的聲音聽上去還算溫和。

　　這時海倫和本傑明也出現在那輛車的側後方，兩個人手裏都拿着一條綑妖繩。

　　木乃伊好像感覺到了什麼，他猛地回頭張望，看見了海倫和本傑明，知道自己已經被包圍了。他呆在車裏仍然一動不動，現場的氣氛十分緊張，本傑明的手心冒出了汗，海倫也有一種冷颼颼的感覺。

　　「我是説，你出來吧。」博士説着伸出手來比劃着，他怕木乃伊聽不懂自己的話。

　　博士想，這個木乃伊説的語言應該是古代埃及語，但是自己不會説。

　　木乃伊應該是看懂博士的手勢了，他微微動了動身子。突然，他像一陣風一樣轉瞬間就飛了出來，隨即站到了車頂上。

　　「阿茲卡那瓦尼拉……」木乃伊突然開口説話，不過誰都聽不懂他的話。

　　木乃伊又説了幾句，博士指指自己的耳朵，然後拚命搖手，表示自己聽不懂他的話。木乃伊用他那黑洞洞的眼睛狠狠地盯着博士，突然飛到了地上。

　　「博士，他想逃走！」本傑明説着就扔出一根綑妖繩。海倫也扔出了自己手中的綑妖繩。

　　兩根繩子一前一後飛到木乃伊身上，牢牢將他綑住

了。

「庫拉馬拉塔……」木乃伊發怒了，他晃了晃身子，想掙脫兩根繩子，但是沒有成功，他大喊一聲，空曠的停車場隨即響起了迴聲。

「唰」地一下，木乃伊的身體一下就不見了，化成了一股風，兩根綑妖繩頓時掉落在地上。博士和幾個助手一下就傻了眼，看到木乃伊這麼輕鬆就擺脫了束縛，大家都不敢相信自己的眼睛。

木乃伊化成風擺脫掉繩子後，立即再次現形，他兩隻手舞動着，博士等人拉開架勢想和他進行一場不可避免的打鬥，不過木乃伊似乎不想這樣，他突然張開了嘴巴，從纏着他頭部的布中露出了那張黑洞洞，沒有任何肌肉組織的大嘴。

「呼──」木乃伊對着博士猛吹了一口氣，然後他又對海倫和本傑明各吹了口氣。

頓時，停車場裏像是出現了沙塵暴，幾股裹帶着沙子的狂風迎頭撲向博士等人。博士感到臉上被沙子打得好痛，那股風差點把他推倒，他慌忙用手捂住自己的臉。那邊海倫和本傑明已經被吹倒在地，保羅甚至橫着

飛了出去。而木乃伊轉身就鑽進了地下車庫的牆壁裏，不見了。

「海倫、本傑明！」博士努力地站住腳，他大聲喊着助手們的名字，生怕他們出事。

狂風持續了幾秒鐘，然後慢慢變小。

「博士，我還好！」海倫站了起來。

　　本傑明也站了起來，他一個勁地揉眼睛裏的沙子。
那邊保羅被吹出去有十幾米，風小了以後他站定並抖了
抖身上的沙子，然後往博士這邊跑來。

　　「那個木乃伊，他跑了！」保羅喊叫起來，「穿地
向南跑了。」

　　「追！」海倫説着想唸口訣。

「追不上了。」保羅連忙制止，「信號基本上沒有了，這次他穿地移動的速度比我們快三倍。」

海倫連忙看看手中的幽靈雷達，雷達已經沒有一絲反應。

「哎！給他跑了！」海倫垂頭喪氣地説。

「我的眼睛真難受。」本傑明還在一邊揉着眼睛，「好厲害的木乃伊呀，搞得這裏跟沙漠一樣。」

「我把他剛才説的話錄下來了。」保羅走近博士説，「我用資訊處理器搜索了一下，他的那句話類似於埃及北部一些人説的科普特語，而科普特語被證明是最接近古埃及語言的了，可惜我的資訊處理器裏沒有古埃及語言，翻譯不了那些話。」

「幹得好，老伙計。」博士很高興地説，「這説明他的確是古埃及的木乃伊。」

「那麼，我們下一步該怎麼辦？」海倫説着又看了一眼雷達，可是就在這時雷達突然動了一下，顯示魔怪出現的綠點一下就亮了。「他又來了！」海倫驚叫起來。

大家慌忙準備迎戰，海倫發現，那個亮點就在地下

車庫牆壁的後面，而且正在向自己這邊靠近，難道木乃伊又回來了？

博士和本傑明躲到了兩根柱子後面，海倫彎腰藏在一輛汽車後面，隨時準備出擊。她的手微微發抖，心想這個傢伙是不是回來拚命的呢？

這時，從牆壁裏「嗖」地一下滾出來一個毛絨絨的東西，顯然不是木乃伊，這個東西落地後站了起來，警覺地看着四周。

「大鼠仙？」博士説着從柱子後面走了出來。

「真是大鼠仙。」本傑明也走了出來。

大鼠仙是一種修煉成精有些法力的土撥鼠，他們在倫敦的公園和郊外的地下生活。大鼠仙生性平和，不少魔法師都養這種大鼠仙當寵物，海倫和本傑明就曾在博士的一個魔法師朋友家裏見過這種大鼠仙。大鼠仙在地下走動可不是靠挖洞，他們會魔法，是靠唸遁地口訣穿行。

「啊，這裏有人呀。」聽到本傑明叫出了自己的稱呼，那個大鼠仙慢慢地朝本傑明走了過來，大概他判斷出這些人是魔法師，戒備也放鬆了，「好像剛才挺熱

鬧呀，我正好路過，就跑過來了，你們……你們是魔法師？」

「嗯。」本傑明點點頭。

「剛才怎麼了？」大鼠仙站立起身子問，他有半米多高。

「打了一仗。」博士走近大鼠仙，「你們這些倫敦城地下的活動者，應該知道最近有個木乃伊在遊動吧，我們正在找他呢，你知道他現在去哪了嗎？」

「那個木乃伊呀？」大鼠仙驚叫起來，「我們的長老凱奇也要我們找那個傢伙呢，有這麼個傢伙在地下真煩，他竄來竄去，好幾次都嚇着了我們的兄弟，那傢伙移動起來真快。」

「這麼説你們見過他？」博士連忙問。

「有幾個兄弟見過，不過那傢伙一下就不見了，也不知道他的來路，聽説凱奇長老也想找魔法師驅逐他呢。」

「你説凱奇嗎？」博士笑了笑，「我認識。」

「哦，你認識我們長老？你是……」

「他是倫敦魔幻偵探所的南森博士。」保羅搖着尾

巴得意地介紹，「聽說過吧。」

「啊，知道知道。」大鼠仙也笑了，「我叫比爾。」

「好，比爾，有什麼消息請通知我們。」博士蹲下身子，「也請轉告凱奇長老，我們也在找那個木乃伊，大家互通情報。」

「好呀，一定轉告。」比爾使勁點點頭。

正在這時，從遠處走來了幾個人，他們一邊跑一邊喊。

「你們是誰？這裏怎麼了？」衝在前面的一個人大聲喝問。

「有人來了，我先走了。」比爾看了看遠處的幾個人，「保持聯繫。」

說完，比爾一下就鑽進了牆壁。

「我們先回到地面去！」博士看看那幾個正往這裏跑來的人，他們都穿着制服，一看就是停車場裏的保安員，「讓警察去和他們解釋吧。」

「擋不住我的心也擋不住我的形。」大家齊唸口訣，一下就飛上了地面。

　　博士、海倫還有保羅都平平安安地飛上了地面，本傑明穿出地面的位置上方正好停着一輛小型卡車。

　　「噹」的一聲，本傑明的腦袋結結實實地撞在了卡車底部，他怪叫一聲，差點暈了過去。

　　「怎麼了，本傑明？」博士和海倫連忙跑到卡車邊彎下腰關切地問道，他們正在納悶本傑明怎麼不見了。

　　「沒什麼……」本傑明呲牙咧嘴的捂着腦袋從卡車底下爬了出來，「我、我這次沒唸錯口訣呀，為什麼總是我……」

　　博士扶起本傑明，愛憐地摸摸他的頭。

　　「還痛嗎？」博士問。

　　「好多了。」本傑明看了看四周，大家站着的地方正好是一個街口，「這是哪裏呀？」

　　「應該是梅達韋爾街區。」博士抬頭看着周邊的建築物，並指了指不遠處的一幢建築，「沒錯，你們看那邊，那是英國廣播公司。」

　　不遠處果然就是英國廣播公司的大樓。

　　「全怪那個木乃伊，害得我們到處亂追。」本傑明捂着頭忿忿地説。

　　「不能小看他。他的法力不低，剛才那股狂風夠厲害的。我們先回家吧。」博士用沉重的口氣說，「已經驚動他了，起碼今晚他不會再出來了。」

第六章　人類博物館尋跡

博士他們回到了偵探所，海倫和本傑明兩人累得一回來倒頭就睡。

這次行動讓大家知道大鼠仙們也在找木乃伊的下落，倫敦地下是他們的地盤，如果他們有什麼發現能告知一聲，那是最好不過了。

第二天本傑明和海倫很晚才起牀，兩人起來後發現博士已經在地圖前研究着什麼。

「博士，有什麼辦法了？」本傑明看着那張倫敦地下設施圖説，「晚上還去等他出來嗎？」

「不知道他還會不會再出來。」海倫帶着懷疑的口氣説。

「這確實很難説。」博士忽然提高了聲音，「這次雖然沒能抓住他，但是證明了我們給他劃出的活動區域是正確的。」

博士用手指着大理石拱門車站的位置，然後以那裏

為圓心比劃了一個圓。

「凌晨他出現的位置就在大理石拱門車站左前方八百米處；在英國廣播公司那裏的地下停車場，他逃跑的方向是向南邊，也就是説還是向地鐵中央線這邊跑的。」博士的手一直在地圖上指點着，「他只要還在這個區域活動，就一定能抓到他！」

「這次我們要準備摩托車擋風鏡。」本傑明説，「小心他又向我們吹沙子。」

「本傑明，你偶爾也有閃光的時候！」海倫一副很驚奇的樣子説，「這真是個好主意。」

「什麼偶爾？我平常不過是不善於表達自己的正確觀點而已。」本傑明一本正經的樣子看上去有點滑稽，保羅被逗得哈哈大笑起來。

「這個點子不錯。」博士也微微一笑，「不過你們留意了嗎？那個木乃伊的這個招術很符合他生前生活過的地域特點的。」

「你是説他的故鄉有很多沙漠，使用的這個招術也和沙漠有關。」海倫會意地説道。

「是這樣的，僅從這點上看他不會是什麼魔怪冒充

的，他就是一具復活的木乃伊！」

博士説完又認真地看起了地圖，海倫和本傑明都沒有再打擾他。

接下來的三個晚上，偵探所的成員們還是繼續在大理石拱門站那邊守候着，不過沒有發現木乃伊的任何蹤跡。

博士憂心忡忡，他最擔心的是被驚動的木乃伊已經不在這個城市了，如果他出現在其他城市，一定會引起新的麻煩。連續幾天沒有木乃伊的資訊，媒體也在紛紛猜測木乃伊的去向，人們對這個夜半遊魂的擔心依然不減。案件陷入僵局之中。

「還要等多長時間呀？」本傑明用抱怨的語氣説，「他要是老不出來，我們也不能永遠這樣等下去吧？」

「他還在倫敦嗎，博士？」海倫也焦急地問道。

「嗯！我是這樣考慮的，首先，倫敦以外的地區至今都沒有任何木乃伊出現的報道。其次，木乃伊似乎始終遵循着晝伏夜出的活動規律，有這種活動規律的傢伙，一般都有一個固定的居所，而不是漫無目的地遊蕩。」博士一邊分析一邊説，「再次，木乃伊總是在地

下出現，行動上是穿地運行而且速度很快，這種穿地運行術對任何使用者來說都是非常耗費體力的，這也就注定他不可能離開居所太遠。」

「博士，現在可以判定這個木乃伊來自埃及了。」海倫說，「但他是最近才來的嗎？還有，他又是怎麼來到倫敦的呢？」

「什麼時候來的還很難下結論，不能說這些天他出現了就一定是最近才來的，也許他到這裏來已經幾百年了，最近才突然復活。」博士推了推眼鏡，「還有個問題不知你們想過沒有，現在可以肯定博物館的木乃伊沒有復活，那出現的這個會不會是哪個倫敦收藏家的呢？」

「對呀，這可是沒有想到。」海倫和本傑明對視一下，兩人都有些興奮，不過海倫剛剛轉「晴」的臉突然又陰了下來，「可倫敦有那麼多私人收藏家，我們怎樣偵查呢？」

「這是個難題呀。」博士開始在房間裏來回踱步，「如果哪個收藏者家裏的木乃伊復活了，他家裏還不鬧翻天呀？可是警方沒有接到這樣的報告……」

　　這一番討論其實還是沒有什麼實質上的結果。博士他們目前所採取的辦法還是只有依靠幽靈雷達進行耐心守候，博士在想是否要增加幽靈雷達的安放數量。

　　第二天一早，博士他們決定擴大安裝幽靈雷達的範圍，他們花了一個上午的時間又安裝了十幾台幽靈雷達。晚上進行守候的時候，他們也不再是被動地等候，而是開着汽車，在以大理石拱門地區為中心的範圍內進行主動搜索，巡查的側重點在大理石拱門西側。

　　博士駕駛着汽車在大街小巷中穿行，車子行駛的速度不快。本傑明和海倫一人手持一台雷達，對着街道兩邊房子的地下部分進行搜索。這個區域的街道眾多，搜索難度極大。

　　搜了幾個街區毫無結果，夜晚的街道車稀人少，只有這幾個魔法偵探仍忙碌着。

　　「博士，你停一下車。」突然，保羅的身子抖了一下，「快停車！」

　　博士馬上把車停到了街邊。

　　「安放在人類博物館的雷達有個微弱的信號傳了過來。」停了車後的車廂裏異常寂靜，大家都緊張地看着

保羅，保羅仔細辨別了一下信號，極為嚴肅地説，「信號非常微弱，但可以確定是幽靈出現的信號。」

「我們馬上到那裏去。」博士調轉車頭，向人類博物館開去。

「現在信號是時強時弱，從形態上測定就是那個木乃伊出現了！」保羅叫了起來，「快！快開！」

博士把車開得飛快，保羅説預警系統反應的信號越來越強了，突然，海倫手上拿着的雷達上的紅燈柱也跳動了一下。

此時，他們距離人類博物館已經不足三百米的距離，而人類博物館就在大理石拱門車站的西南方一千多米處。

博士把車直接開到人類博物館的大門外，猛地剎住了車。幾個人迅速拉打車門跳下車。忽然，保羅停住了。

「糟糕，什麼信號都沒有了！」保羅喊起來，「這是怎麼回事呀？」

「我的雷達也沒信號了！」海倫和本傑明下意識地看看各自手中的雷達，上面已經沒有了紅光柱。

　　「是嗎？不管這麼多了，先進去看看。」博士説着上了門口的台階，來到博物館大門前，按下了門鈴。

　　「你們……有什麼事？」一個值班員探出了頭和半截身子，他臉色很難看，樣子很兇。

　　「啊……我認識你的……」本傑明叫了起來，「我前幾天和警察來這裏安放過一個雷達，你當時在場，我們是魔幻偵探所的。」

　　「噢，是你……小偵探。」值班員的臉色和氣了很多。

　　「現在有個緊急的事情，我們要看一下你們這裏的木乃伊。」本傑明連忙説，「上次安裝的雷達有些反應。」

　　「那、那進來吧。」值班員説着開了門。

　　在值班員的帶領下，幾個人迅速來到博物館的三號展廳，這裏陳列着一具木乃伊，一台幽靈雷達就掛在這個展廳的大門上。有這樣一個雷達，整個博物館所在的區域，無論是地上還是地下，只要有魔怪幽靈活動都會被馬上發現。

　　值班員打開了三號展廳的燈，大家跟着他來到一個

玻璃展櫃前。只見一具木乃伊靜靜地平躺在展櫃內的木棺裏，展櫃裏還有一個用來盛裝木棺的石棺，以及木棺和石棺的棺蓋，石棺和木棺上均刻有古代埃及的象形文字和一些精美的圖案。

「你這裏有什麼異常情況嗎？」博士對值班員説，他邊説邊指了指木乃伊。

「很正常呀，我沒有感覺到什麼。」值班員被問得莫名其妙。

「不會是他吧？」海倫靠近博士壓低聲音説。

「這個木乃伊好像更高大。」本傑明小聲地説，「比我們那天碰上的那個大好多。」

博士沒有説話，他圍着展台走了幾步，值班員有些不知所措。

「請問你們博物館還有沒有收藏其他的木乃伊？」博士問。

「還有一具……」

「在哪？」博士頓時興奮起來，「快帶我們去看看。」

「這個……」值班員猶豫了一下，他看看本傑明，

然後點點頭，「在地下的低溫室裏，那裏很冷，出於保存的需要。」

博士他們跟着值班員乘坐升降機，來到了地下的一個低溫室。值班員拿鑰匙開了大門並打開燈。這個房間很大，裏面真的很冷。繞過幾排架子，大家來到一個沒有安裝玻璃的木架子邊，架上擺着一個木棺，裏面原來放有一具木乃伊。

「啊？！」值班員走近一看，臉色大變驚叫起來。

「怎麼了？」博士連忙問。

「有人動過這裏了！」值班員的手哆哆嗦嗦地指着木棺説，「木棺的棺蓋被蓋上了！以前棺蓋是放在旁邊的。」

「以前木棺沒有被蓋上棺蓋嗎？」

「絕對不能蓋上，打開蓋子就是要使裏面陳舊的空氣及時換出，以免在棺內沉澱。」值班員身體發抖，不知道是害怕還是這裏太冷，「能夠進入這裏的工作人員都知道這點的。」

「可不可以打開這個棺蓋，我們要看看木乃伊還在不在。」博士也很緊張。

　「我也想打開……你們開吧，不過要輕點……」值班員哆嗦着説。

　　博士和海倫輕輕地掀開棺蓋，值班員閉上了眼睛不敢看了，他怕木乃伊不見了。

　　「還在的。」博士和海倫輕輕放下那個棺蓋。

　　木棺裏的確躺着一具木乃伊，個子比展廳裏的那具好像還要大。

　　「你看沒什麼異常吧？」博士問那個值班員。

　　「還好、還好。」值班員長出一口氣，棺蓋雖説不知被誰蓋上了，但木乃伊終究還在。

究竟是誰把棺蓋合上呢？

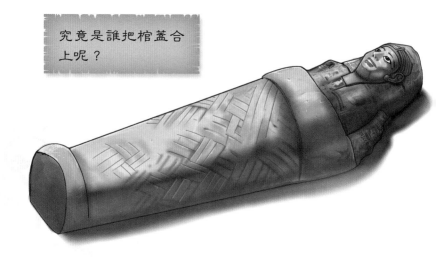

「這不是地鐵裏的木乃伊。」本傑明看看博士，「這具更大。」

「誰蓋上棺蓋呢？」海倫疑惑地説，「難道是復活的那具木乃伊幹的？」

「他剛剛來過。」博士説，「他在尋找同伴，不過他沒有喚醒這具木乃伊，臨走時他蓋上了棺蓋。他沒有去展廳，因為那裏在地表以上，而他習慣只在地下活動。」

「你是説他在找同伴？」本傑明微鎖着眉頭，一會兒眉頭鬆開了，「對呀，是有這種可能呀。」

「那他會不會去大英博物館尋找同伴呢？」海倫忽然問，「那裏有不少木乃伊呢，而且我知道那裏的地下低溫室保管着好幾具木乃伊。」

「馬上去那裏。」博士看看手錶。

一行人出門後就驅車來到了大英博物館，由於安放在那裏的雷達沒有發出警報，博士把車停在了博物館門口的街邊，坐在車子裏面靜觀動靜。海倫説的沒錯，也許那個木乃伊還在找同伴，而大英博物館擁有的木乃伊數量是全英國最多的。

　　無論是保羅的預警系統還是幽靈雷達，一直到天亮都沒有任何反應。這一次的守候又是無功而返。

　　接下來的兩個夜晚，博士他們都在大英博物館門口守候，但是始終沒有等來木乃伊，木乃伊好像再次消失了。

　　又經過了一個沒有動靜的晚上，大家才回到偵探所休息。

第七章　大鼠仙凱奇和雅各

「本傑明，本傑明。」保羅搖着本傑明的牀叫着，「起來吧！」

「什麼事呀。」本傑明似醒非醒的揉揉眼睛。

「博士叫你們。」保羅興奮地說，「中午他就醒了，一直在地圖那裏想問題，好像有了新發現呢……」

「是嗎？」本傑明一下子清醒了許多，「那我馬上來。」

不一會，兩個小助手就來到懸掛着倫敦地圖的那面牆前面。博士此時搬了一把椅子坐在地圖前，他的臉色顯得輕鬆了許多。

「博士，你找到木乃伊的藏身地了？」本傑明剛剛走過來就說。

「那倒沒有。」博士笑了笑，「不過我能確定，那個木乃伊再次出現說明他還在倫敦，這樣我們就有機會抓住他。我想他是想找同伴，他出現在人類博物館很可

能是遊蕩中的巧遇，也就是說他並不知道倫敦有兩所陳列有木乃伊的博物館，否則他早就把大英博物館那裏的木乃伊棺蓋都給蓋上了，蓋上那些棺蓋可能是他不想讓自己的同伴暴露在外。」

「這麼說他是無目的性的了？」本傑明想了想說，「他始終是在遊蕩着……」

「對，晝伏夜出，從不到地面上，他在大理石拱門區域有個固定居所，從來沒有離開過倫敦，活動範圍就在大理石拱門及周邊區域。」博士說，「這就是我總結出來的要點。」

「那麼下一步我們還是對大理石拱門那個區域進行全面搜索嗎？」本傑明抬頭看了看那張倫敦地圖。

「是的，不過守株待兔式的等候很被動，而僅僅依靠我們幾個人的力量去搜尋木乃伊難度又太大……」

「你的意思是？」

「你們看這裏。」博士指了指地圖上的肯辛頓公園，肯辛頓公園就在大理石拱門東面，靠近荷蘭公園，「還記得嗎？這個公園的地下其實就住着一些大鼠仙，中午我看地圖的時候突然想起來的……」

「哦⋯⋯」本傑明點點頭，「你是想⋯⋯」

「我是想和那些大鼠仙聯手。」博士有些眉飛色舞了，「地下是大鼠仙的地盤，他們對魔怪很敏感，遁地的速度也快，如果能請來十幾個大鼠仙在大理石拱門這一帶進行一次拉網式的地下搜查，一定能鎖定木乃伊的住處！」

「這可是太好了！」海倫和保羅興高采烈地叫了起來。

「比爾説木乃伊也打擾了他們的地下生活。」本傑明説，「博士，你好像和倫敦這邊的大鼠仙很有交情。」

「呵呵，以前我幫過他們，當然，他們也幫過我。」博士笑了笑説，「倫敦這邊的大鼠仙大都住在南郊的皇家天文台舊址附近，首領叫凱奇，六十年前我就認識他了。」

「那我們快去呀。」本傑明急忙説，邊説他邊向門口走去，「現在就去⋯⋯」

「你別急，我想他已經快來了。」博士連忙衝本傑明擺擺手，「我已經派靈狐給他送信去了，我要請他來

幫忙。」

「原來你早就準備好了。」本傑明開心地説道。

「準備好什麼了？美味大餐嗎？」這時，一個聲音從牆壁那裏傳了出來。

只見一隻大眼睛小耳朵一身紅褐色絨毛的土撥鼠從牆壁那裏「冒」了出來，他身邊還跟着一隻靈狐，那是博士派去送信的靈狐。

「啊，凱奇先生。」博士興奮地站了起來，「你動作真快呀，非常感謝你親自進城來了。」

「沒什麼，原諒我不敲門。」叫凱奇的土撥鼠伸出手爪和博士握了握手，「我們沒這個習慣。」

「你太客氣了。」博士一直是笑瞇瞇的。

「我到哪都不客氣的。」凱奇說着就往沙發上一跳，然後端坐在沙發上，「咖啡，少放糖。」

沙發旁邊的茶几迅速伸出一個盤子，上面有一杯熱騰騰的咖啡，凱奇拿起咖啡仰起頭一口氣喝下，然後很滿意地舔舔嘴巴，把杯子又放到了盤子上。海倫和本傑明都驚奇地看着他，那杯咖啡可是很燙的。

「凱奇先生，這兩位是我的助手海倫和本傑明，保羅你是認識的。」博士連忙做介紹，接着他又對海倫和本傑明介紹說，「這就是倫敦地區鼠仙族的長老凱奇老老老爺爺，他今年有三百、三百……」

「三百五十九歲。」凱奇對博士說，「上次你幫我們趕走遊走魔時我二百九十九歲。」

「對對對，這點小事你還記得呢。」博士笑了起來，樣子有些得意。

　　「你不找我，我也要找你幫忙呢，木乃伊在地下竄來竄去的，也不打招呼，惹惱了不少兄弟，那傢伙法力高，搞不好還要傷了我們的兄弟。對了，你們大概要多少兄弟來幫忙呀？」

　　「有十幾位就行。」博士嚴肅了很多，「我的意思是這樣……」

　　博士拿着一張小幅的倫敦地圖也坐到了沙發上，他詳細地把木乃伊出沒的區域講給凱奇聽，博士建議由十幾個大鼠仙對大理石拱門區域進行拉網式的搜索。

　　「行呀小老弟。」凱奇拍拍博士的腿，「你可真是不怕累壞了我們那些兄弟呀。」

　　「是要你們受累了……」

　　「哈哈……開個玩笑。」凱奇笑了起來，「不過我們只管找不管抓，擒拿那傢伙要靠你自己動手，我不想有哪個兄弟受傷，說實話，我們對付不了他。」

　　「沒問題。」博士連忙點頭，「不過還有個事情，就是木乃伊好像總想和人交流，但是他的語言我們一點都不懂，我知道有個大鼠仙好像精通幾十種人類語言和三百多種鳥獸昆蟲的語言，五十年前他幫我抓過一個

樹妖，那個樹妖講的話只有這位大鼠仙可以聽懂，他叫……」

「那個傢伙叫墨菲，現在住在北美洲的格陵蘭，脾氣壞得很，我見過兩次。」凱奇眨眨眼睛，「他現在老得都走不動了……」

「啊？走不動了？這就麻煩了。」博士的眉頭皺了起來，「其實我只要找個懂古代埃及語言的就行，可上哪裏找呢……」

「這好辦，找『弄傷自己的傢伙』來就行了。」凱奇滿不在乎地説，「讓他來做木乃伊的翻譯。」

「『弄傷自己的傢伙』？」

「他叫雅各，倫敦地區大鼠仙族中的語言大師，他家就在倫敦大學語言學教室下面，經常隱身聽各種語言學課程，精通各類古現代語言，比墨菲強多了。」凱奇開始介紹説，「這個傢伙是個書獃子，視力很不好，戴着副撿來的眼鏡還是經常碰傷自己，有時候還撞暈過去，所以我們都叫他『弄傷自己的傢伙』。」

「那倒是蠻有意思的。」博士笑了，翻譯的問題能解決，他當然開心。

接着，博士又和凱奇討論起進行搜索的具體事宜。

「我現在就去召集部下。」討論結束後，凱奇跳下了沙發，看上去他想走了，「等着通知吧，很快的。你們也不要閒着，咱們各找各的，看看誰先找到，不過你要注意識別，晚上你的那些雷達要是發現有十幾個亮點平行推進，千萬不要激動，那是我們大鼠仙在活動。」

凱奇説完就「呼」地穿牆不見了。

凱奇走後，沒過多久，一個大鼠仙信使就送來了口信，説凱奇他們晚上一點就會在大理石拱門區域進行地下搜索，到時要博士他們在這個區域的地面上等候消息，凱奇晚上會親自帶隊。

晚上還不到十點，博士就開着車帶着助手們在大理石拱門區域「走街串巷」，開始了搜索。

晚上一點多的時候，保羅的預警系統以及海倫、本傑明的雷達，全都出現了極其強烈的反應。博士停下車，保羅從後背升起一塊顯示屏，上面有十幾個亮點由南向北平行推進，速度看上去不是很快，推進的區域就是大理石拱門這塊。

「從形態上分析是大鼠仙。」保羅説，「還真準

時。」

「當然了。」博士微微點着頭，「老伙計，能測一下間距嗎？」

「沒問題。」保羅停頓了一下，「噢，每個大鼠仙的間距大概有一百多米。」

「這樣的搜索肯定比我們要快。」博士説，「而且大鼠仙對魔怪幽靈的敏感程度不比幽靈雷達低。」

就在博士他們搜查的區域的地下，這時一共有十五個大鼠仙在凱奇的指揮下，正有條不紊地對大理石拱門地區進行拉網式搜索。第一遍搜索並沒有結果，隨後這些鼠仙向西橫向移動了一千多米，由北向南繼續推進排查。

博士停止了地面上的搜索，耐心等待大鼠仙的搜索結果。

凌晨四點多的時候，凱奇他們的平行推進方向改為由西向東。

又過了一個小時，保羅後背上升起的顯示屏上的十幾個亮點突然向一個地點集中，十五個亮點集中後發出很亮的光。

「他們好像找到什麼了。」博士邊說邊看地圖，「大概在……伊斯特本路……」

博士放下地圖就發動了汽車，汽車飛快地向伊斯特本路開去。大鼠仙們集中的地點就在大理石拱門車站西北將近三千米的地方。

一個急剎車，博士將車停到了伊斯特本路上的一個街角。他剛停好車就從海倫手裏接過幽靈雷達，隨後衝着地下連續發射探測信號。

「是叫那些大鼠仙們上來嗎？」本傑明問。

「是的，他們對幽靈雷達的探測信號有感知。」

博士的話音未落，只聽「嘭」的一聲，然後是一聲「哎喲！」大叫。眼前一閃，有兩個大鼠仙一下就出現在汽車的後排座位上，海倫和本傑明嚇了一跳，其中有個大鼠仙顯然是撞到車頂了。

「哎喲！真痛呀！」一位沒有見過的戴着眼鏡的大鼠仙捂着頭喊叫起來。

「看清楚，請你看清楚！」說話的是凱奇，「戴眼鏡也這樣……」

「早就想換一副了。」戴眼鏡的大鼠仙咧咧嘴說，

「不是一直沒找到合適的嗎？」

　　這個戴眼鏡捂着頭的大鼠仙的樣子和凱奇很接近，不過年歲好像更老一些，他的頭上有三個明顯的包，顯然是最近撞擊了什麼留下來的。

　　「博士小老弟。我正想找你呢！在伊斯特本路786號，有個木乃伊形狀的魔怪就在裏面關着。」凱奇説，「那是一處私人住宅，木乃伊被關在地下室裏，裏面還有不少埃及文物。」

　　「木乃伊被關着？」博士感到有些吃驚。

第八章　木乃伊被關起來了？

「是呀，關在一個木棺裏。」凱奇點點頭，「我的手下去看了一下，怕驚動那個房間的人就馬上出來了，木棺裏的木乃伊在活動，好像一直在推那木棺的蓋子，不過木棺似乎被施了咒，完全被封閉了……找到這個木乃伊真的很費力氣，他被關在木棺裏是很難被感應到的，要不是我們，你們用雷達不大可能捕捉到他的蹤跡。」

「太感謝了……」博士說，凱奇的話令博士他們感到很吃驚。

海倫看了看自己的雷達，上面的那些亮點經過形態分析都是大鼠仙的，也許是大鼠仙在雷達上的反應太強烈，幾乎看不出有什麼其他魔怪的反應了。

「對了，我的手下還聽到樓上有人在打電話，說什麼美國海關和警方最近正在大力緝私，他要晚一點時間發貨什麼的……」凱奇又說。

「啊？」博士又吃了一驚，他看了看大家，「這裏還真不簡單呢！」

凱奇這時拍了拍同來的伙伴的肩膀，説：「對了，翻譯我也給你們找來了，這位就是傳説中的雅各——『弄傷自己的傢伙』。」

「你們好，阿多馬西來烏姆雅各。」叫雅各的大鼠仙嘰哩咕嚕地説了一句話。

「你好你好。」博士連忙説，「剛才説的是……」

「古代埃及語言『我叫雅各』。」雅各推推自己的眼鏡，連忙翻譯道，好像在證明自己的水平。

「噢，太好了。」博士使勁點點頭，「我們太需要你的幫助了。」

「沒什麼。」雅各擺擺手，「開始我還有點怕，不想來，不過我還沒有和一個真正的古埃及……幽靈交流過，這個機會是不能錯過的。」

聽到雅各這麼説，海倫和本傑明覺得這些大鼠仙全都是一個樣，説話從來不拐彎抹角，海倫和本傑明很喜歡他們這種性格。

「好了，雅各跟你們去。」凱奇説，「我們管找不

管捉，就只在這邊等着，你們最好搞清楚情況再進去。還要保護好雅各，注意不要讓他受傷——儘管他總是不停的受傷。」

「嗨，老凱奇，你以為我喜歡受傷嗎？這裏這麼暗……」

「你抱着太陽也不會覺得亮。」凱奇說着揮揮手，一下就不見了。

本傑明的雷達屏幕上的十幾個小亮點，在半分鐘後亮度一下減弱了一些，凱奇他們已撤到了一邊，等待着博士他們的消息。

「博士，我們進去抓他嗎？」本傑明摩拳擦掌地問。

「不能貿然進入。」博士說着發動了汽車。

「菲亞特」慢慢地往前開，走不到五十米，汽車就經過了伊斯特本路786號，博士故意把車開得很慢。伊斯特本路786號是一處非常普通的有兩層建築的獨立居所，這座房子外面有鐵柵欄，柵欄後面種了很多樹，借着凌晨的微光依稀可以看見裏面的房子，和這個街區的其他住房沒有任何區別。

「哎呀！」突然，本傑明失聲叫了出來，他舉起了手中的幽靈雷達，「還説信號差，這上面的信號太強烈了！」

「喂喂喂，我在你旁邊呢。」雅各很不滿地説，他眯着眼睛看看本傑明手裏舉着的雷達，「那上面反應的信號是我老人家。」

「噢，真不好意思。」本傑明吐了吐舌頭，「我忘了。」

「這房子的地下室好像有一點信號。」保羅早就開啟了魔怪預警系統，「不過太微弱了。」

「不用測了。」雅各一副漫不經心的樣子，「就在地下室裏，不過他已經不再亂動了。」

「不動了？」本傑明疑惑地眨眨眼睛。

「可能是因為天要亮了。」海倫説着指指車窗外。

車窗外，路上車輛逐漸增多，偶爾還有一兩個行人走過，天已經開始微微發亮了。這時，博士把車開過那所房子將近一百米後停了下來，他拿出了手提電話，撥了凱文局長的號碼，把情況通知了局長，並叫他馬上派人查出伊斯特本路786號房屋主人的一切資訊。

過了一個多小時，局長來了電話，博士拿起已經準備好的紙筆記下了局長提供的資訊。

「房間的主人叫羅奈爾德，是倫敦市立大學歷史系教授，五十六歲，有過數十次進出埃及的記錄。」博士拿着那張紙興奮地唸給大家聽，「他的護照顯示，本月八日，就是四天前他剛從美國回來。」

「哈哈，他一回來就把木乃伊關起來了！」本傑明差點喊出聲來，「這傢伙可能還是個走私販子。」

難道這位歷史系教授有能力把木乃伊關閉起來？

羅奈爾德，倫敦市立大學歷史系教授，56歲，曾數十次到過埃及。本月8日，剛從美國回來。

「警方也有這種懷疑。」博士示意本傑明小點聲，「調查結果還説此人是個魔法愛好者，學過幾本普及版的魔法書籍，但沒有什麼法力。」

「那就怪了。」海倫不解地説，「我們都不能抓住那個木乃伊，他怎麼可能把木乃伊關起來？裏面那些埃及文物又是哪裏來的呢？」

「你們人類就是囉嗦。」已經隱形了的雅各説話了，「既然他只是個業餘魔法師，衝進去抓木乃伊就行了，他要是攔着就抓他！」

「警方也同意我們進入到那個地下室一探究竟，不過我們還是要謹慎些。」博士對着話音傳來的地方説。

「我們現在就去看看吧，先隱身進入地下室，注意不要弄出什麼聲響來。」博士開始進行布置，「進去的目的就是要搞清楚木乃伊關在哪裏，如果遭遇到什麼人或者魔怪的攻擊，大家注意要保護好雅各的安全。」

「對極了，要保護好我的安全，保護好我是第一位的……」雅各連忙説，「都聽見了嗎？」

「聽……聽見了。」海倫和本傑明一起説道。

「還有你呢，小白狗。」

「我叫保羅。」保羅不太高興了。

「保羅，你也要好好保護我⋯⋯」

「聽見了！」保羅説着鼻子裏還哼了一聲。

「總之，一切見機行事！」博士最後説。

菲亞特汽車調了頭，慢慢開到了那所房子的大門旁邊停了下來。就在這座房子對面的一幢房子裏，警方人員已經開始進行監視，伊斯特本路786號周圍警方已布置了不少警力。

「隱身下車，雅各，你跟在我們後邊。」博士説完唸了句口訣，完全隱身了。

「看不見我的形也聽不見我的聲。」幾個小助手也紛紛唸了口訣，全部隱了身。

大家下車後跟在博士後面走了幾步，隨後一起默唸穿牆術口訣，穿越柵欄進了伊斯特本路786號的院子。

博士他們進入的院子是一個倫敦常見的院落，裏面非常乾淨，各種植物被精心剪裁過。房間的窗簾都已經打開，裏面的人顯然已經起牀了，不過沒有發現房間裏

有什麼人在走動。

　　隨後大家在博士的指引下，再次唸穿牆術口訣，進了這所房子的地下室。

　　地下室裏沒有開燈，裏面漆黑一片。這裏給人的感覺是冷颼颼的，非常寂靜，大家進入後大氣都不敢出，都站在原地沒有動。

　　「透視眼，亮堂堂。」博士默唸了一句口訣，海倫和本傑明也唸了。

　　房間並沒有亮起來，但是博士已經完全看清楚了房間裏的東西。整個地下室面積很大，裏面堆放的東西很多。大多數東西都擺放在幾個木架子上，博士慢慢走近那些架子，發現上面擺的都是文物，有古代武士用的刀、斧，還有一些古希臘石像，最多的就是古代埃及文物了，其中一個架子上上下下幾層都擺滿了古埃及的陶器，還有一些刻着精美圖案的石碑。

　　「博士，好多文物呀。」本傑明說。

　　「我看像是走私來的。」海倫推斷道，「從沒有聽說哪個私人收藏家擁有這麼多的古埃及文物。」

　　「你們要找的木乃伊就在那邊的木棺裏。」雅各指

了指一處地方，説着走了過去。

「啪」的一聲，雅各沒有看清路，不小心碰到了木架子上，發出的響聲嚇了大家一跳，連雅各自己都吃了一驚。

「噓。」博士連忙衝大家擺擺手。

幾個人全部站在那裏不敢走動，生怕被上面的人聽見了聲音，就這樣靜靜地呆了兩分鐘，還好，沒有什麼人下來，博士走到雅各身邊拉了拉他。

「小心點，你跟着我。」

博士走在前面，幾個人來到了地下室的西北角，那裏也有個木架子，上面擺放了幾具古代騎士的鎧甲。在靠牆的角落裏，放着兩個木棺和兩個石棺，上面都刻着古代埃及特有的精美圖案。

「博士，一個是空的。」保羅把聲音壓得低低的，「左邊這個裏面有魔怪反應，根據形態判斷就是那具出現在地鐵裏的木乃伊，他好像在睡覺呢。」

博士走到左邊的木棺邊，拿出了綑妖繩，海倫也掏出了綑妖繩。本傑明和保羅往後退了幾步，他們知道博士要捉拿裏面的木乃伊了。雅各退到最遠，靠在一個木

架子後面，他可是不善於打鬥的。博士慢慢地把手伸向那個木棺的蓋子，手還沒有碰到木棺，他突然把手縮了回來。

「怎麼了，博士？」海倫連忙問，博士的這個動作嚇了她一跳。

「你們看這裏。」博士彎下了腰，他指指木棺蓋。

順着博士的手指方向看去，木棺蓋上貼着一張字條，上面有很多古代埃及的象形文字。

「好像是條形咒。」博士有點緊張了，「看來木棺被施了咒，凱奇沒說錯，這個蓋子是打不開的。」

「那怎麼辦？」海倫問。

「唯一的辦法是讀出上面的字……」

「被施了咒的木棺？」本傑明的眼睛幾乎都貼在那個木棺上，「這是什麼字？我一個都不認識。」

「你怎麼會認識？」博士說着回過頭看看雅各，並衝他招招手，「雅各，你過來。」

「來了。」

雅各答應了一聲就往這邊走，可是他太着急了，眼睛又是高度近視，他一下就撞上了那個木架子。只聽

「咣」的一聲巨響，一個古代武士的頭盔正好砸在了雅各的腦袋上，他大喊一聲就暈了過去。那個頭盔落到地上，又發出一連串響聲。

第九章　營救拉魯

「雅各——」海倫和本傑明連忙向雅各跑過去。

大家扶起這個可憐的大鼠仙，他可真是名副其實的「弄傷自己的傢伙」，古代武士的頭盔又沉又重，還是高空墜落，雅各被砸得不輕，海倫怎麼晃他，他也沒醒。

「給他喝急救水。」博士說着從口袋裏掏出了一瓶急救水，給雅各喝了下去。

忽然，「啪、啪、啪」的幾聲電器開關聲傳來，整個地下室裏一下子燈光大亮，幾個人嚇了一跳。

「誰在裏面？！」

話音是從地下室的入口發出來的，只見那裏站着一個五十多歲的男子，他眼露兇光正四下打量着，不過這個人沒有看到隱身了的博士他們。

這個人應該就是羅奈爾德教授了，此時博士也不想

隱瞞什麼，他默唸了句口訣一下就顯了身，海倫和本傑明看見博士顯身也都唸口訣顯了身。

「你是羅奈爾德教授吧？」博士顯了身後面對着那個男子，大聲地説道。

「你、你、你是誰？怎麼進來的？」那個男子見到面前突然出現了幾個人，吃了一驚，他下意識地後退了兩步，不過很快就重新鎮靜了。

「我是倫敦魔幻偵探所的南森。」博士自我介紹，「不請自來有我們的原因，你是羅奈爾德教授？」

「啊、啊，我是……」

「請問這裏是怎麼回事？木乃伊為什麼被施了咒的木棺關了起來？這些古埃及文物是從哪裏弄來的？」

博士連珠炮式的提問使得羅奈爾德臉色蒼白，他緊咬牙關，狠狠地看着博士和他的小助手們。

此時，木棺裏發出猛烈的撞擊聲，木棺被撞得好像要飛起來，顯然這裏的聲響驚醒了裏面的木乃伊。

「我來告訴你……」

羅奈爾德説着往前走了兩步。突然，他站住不動了，只見他抬起了手，手指直指那個貼着字條的木棺。

「卡那茲班德！」

條形咒一下就飛了起來，隨後，木棺的蓋子猛地被推開，那個曾經在倫敦地下遊蕩的木乃伊一下就跳了出來。就在他跳出來的瞬間，整個地下室裏的燈一下就暗了下來，木乃伊用手臂擋着自己的眼睛。

「我知道，你怕亮。」羅奈爾德説着得意地關上大部分燈，地下室裏僅僅留着兩盞壁燈。

燈光暗下來後，木乃伊放下了手臂，他渾身發着綠光，大口地喘着粗氣，樣子非常兇惡，像是在發怒。海倫和本傑明都向後退了幾步，木乃伊死死地盯着這幾個曾經遇到過的人，雙手握緊拳頭。

「德、德拉克莫蘭……」羅奈爾德對木乃伊説了幾句話，他邊説邊比劃着什麼，聽上去他説的古埃及語言也不是很流利。

木乃伊一聽那些話，「啊」地大叫一聲，他跑到身邊的木架子上，拿起了一把戰斧和一把寶劍，然後猛地撲向博士，揮劍就砍。

「千斤鐵臂！」博士早有準備，他唸了句口訣。

博士的手臂頓時變為鋼鐵結構，只聽「噹」的一聲

金屬摩擦聲，金光閃過之後那把寶劍被擋開。

「大家小心，這傢伙來拚命了。」博士連忙提醒幾個助手。

海倫和本傑明慌忙向後退，海倫的手裏拿着綑妖繩，想找機會拋出去，本傑明則從口袋裏掏出一個潛水鏡，他怕木乃伊又吹沙子。

「哈哈哈哈……」那邊羅奈爾德狂笑起來，「誰叫你們來，今天你們全死在這裏！」

海倫只想着怎麼綑住發瘋一般的木乃伊，加上比較慌亂，一下就跌倒在地，木乃伊衝着海倫就撲了過來，他雙手高高地舉起了斧子，黑洞洞的眼睛裏似乎要噴出火來。

本傑明向木乃伊猛推一掌，木乃伊躲閃了一下，躲開了那股氣流，但他舉着的斧子並沒有放下。

博士繞到了木乃伊的側面，準備給他以致命一擊，而這時保羅的導彈已經鎖定了木乃伊的頭顱。

「那卡德密魯……」突然傳來幾句博士他們聽不懂的語言，原來是大鼠仙雅各說的，他已經顯了形，此時他完全清醒過來了。

聽到雅各的話，木乃伊慢慢地放下了斧子，他的怒氣好像消了一些，而他身後的羅奈爾德則大驚失色。

「拉卡魯信德馬……」木乃伊對雅各說道，他們就你一言我一語地說起了話。

他們說的話魔法偵探們一點也聽不懂，大家只感覺到木乃伊好像溫和了許多，而雅各一幅眉飛色舞很激動的樣子。羅奈爾德聽着聽着突然轉身就想跑。木乃伊猛地轉過身來，「呼」地把手中的那把斧子扔了出去。「噹」的一聲，斧子釘在了門上，剛想開門的羅奈爾德嚇得一下就坐到了地上。

這時，「嗖」的一聲，一根繩子飛了過來，瞬間就把羅奈爾德綑得結結實實的，繩子綑得很緊，羅奈爾德痛苦地叫了起來。繩子是海倫拋出來的。

木乃伊扔了手裏的寶劍，站在原地氣喘吁吁，他的情緒已經完全穩定了下來，雅各走到他的身邊，又和他說起話來。博士等人看着他們對話，不敢打斷他們。

「好了，這個木乃伊叫拉魯，以前被葬在埃及尼羅河畔的帝王谷，是一位法老的第五個兒子。」雅各開始介紹說，他說話的樣子很是得意，「他的話我全能聽

懂，剛才那個羅奈爾德告訴他說你們把他關了起來，還要把他賣到很遠的地方去，他才拿斧子砍你們的，我和他解釋了一下，告訴他我們是來幫助他的……」

「太好了。」博士很高興地看看雅各，又看看木乃伊，「他是怎麼來倫敦的呢？」

「他也不知道，在此之前只是模模糊糊地覺得有人在召喚他讓他復活，他花了一整天的時間才蘇醒過來，醒後發現自己在這個地下室裏。」雅各說，「然後他就開始了四處遊蕩，當然是在地下，他怕光不敢到地面上去……」

「為什麼他每晚準時在凌晨十二點以後出來，早上五六點就不見蹤影了呢？」博士問。

雅各把博士的話翻譯給了木乃伊，木乃伊聽完後對雅各說了一些話。

「他可不知道什麼是凌晨十二點，不過因為他是幽靈，對時間有感知，午夜那段時間是他出來活動的最佳時間。」雅各又是翻譯又是解釋，「這和那些畫伏夜出的魔怪沒什麼區別，很多魔怪的活動時間都選擇在午夜十二點以後，早上五六點以前回到家裏，這個地下室的

木棺就是他的家嘍。」

博士他們邊聽着解釋邊點頭。木乃伊在一邊很安靜。

「地鐵裏的肯定就是他嘍？」保羅想起了什麼。

「這個我問過了，他四處遊蕩鑽進了『會跑的長鐵盒子』，在那裏他還遇到過兩個假的安努比斯神。」雅各解釋說，「拉魯總是問『長鐵盒子』裏的人，他怎麼才能回埃及的帝王谷，他想找到能聽懂他話的人。」

「那還不把人家嚇死呀。」本傑明恍然大悟，「對了，地下車庫裏的也是他吧？他好像要學開汽車呢。」

雅各又和木乃伊拉魯進行了一番對話。

「他管汽車叫『小鐵盒子』，看到汽車會動很好奇，也想學着開汽車回到老家。」雅各說，「他還說上次遇到你們後好幾天晚上不敢再出來，後來實在憋不住又出來了。」

「那他怎麼還跑到人類博物館裏了呢？」海倫問，「還把那裏的低溫室裏的一具木乃伊棺蓋給蓋上了。」

雅各把海倫的話翻譯給了拉魯，木乃伊拉魯聽後說了些話。

「那裏是他在地下亂轉偶然碰上的，開始他看見同伴很高興，但怎麼也喚不醒那具木乃伊，他把棺蓋蓋上就走了。」雅各説，「他覺得不應該讓木乃伊暴露着……另外，他説那天晚上回來後就被關了起來，棺蓋怎麼也推不開了……」

博士等人聽着連連點頭，真相正在被一一揭開，不過要揭開全部真相，還要問被綑着的羅奈爾德，此時他斜靠在角落裏喘着氣，樣子很痛苦。

「拉魯可能是被盜墓者偷來的。」博士小聲對幾個助手説，他瞟了一眼羅奈爾德，「更多的疑問那個傢伙肯定都知道。」

本傑明突然調皮地笑了笑，他對博士和海倫擺了擺手，然後指指自己，意思是「看我的」。他把雅各拉着走了幾步，然後用非常大的聲音説話。

「雅各，請問『你把他吃了』這句話古埃及語怎麼説呀？」本傑明邊説邊衝雅各眨眨眼睛。

「你問這個幹什麼呀？」雅各會意地笑了笑。

「我是想直接告訴這個木乃伊，噢，他叫拉魯。」本傑明指了指拉魯，「我想請拉魯先生吃了羅奈爾

131

德……」

「別、別吃我！」羅奈爾德聽到這話大叫起來。

「綑妖繩，緊一緊！」本傑明走到羅奈爾德身邊唸了句口訣。

羅奈爾德更痛了，他狂叫起來。

「叫你多嘴！」本傑明生氣地說，「你還叫拉魯用斧子砍我們嗎？」

「不、不、我不了……」

「那把這些情況說說吧，拉魯是怎麼來的？埃及你好像去過幾十次吧？」

「是、是我，我說……」羅奈爾德驚奇地看看本傑明，他不知道這個孩子怎麼知道這些情況的。

「綑妖繩，鬆一鬆。」

羅奈爾德頓時感到輕鬆了許多，也不再那麼痛了。

「這些東西都是走私來的吧？」博士和海倫都圍了過來，博士指了指那些木架子上的東西問。

「有、有些是我在市場上買的，其餘的……」羅奈爾德結結巴巴地說。

「有多少是走私的？！」博士突然厲聲問。

「大、大部分⋯⋯」羅奈爾德低下了頭小聲説道。

「這可是和你的教授身分不符呀。」博士冷笑了一聲。

羅奈爾德開始了交代，整個事情其實並不複雜——歷史學教授羅奈爾德熱衷於古代埃及學的研究，尤其對古埃及的語言和文字最感興趣。不過這個大學教授還有另外一個身分，他是一個國際走私團夥中的重要成員，走私分子從埃及盜竊來的文物運進英國後，就放在他家的地下室裏，然後再轉賣到世界各地。他還有一個身分就是魔法法術愛好者。

兩年前走私分子運來了一具木棺，木棺裏有一具木乃伊和一本羊皮卷，這具木棺的主人是古埃及一個有着高深法力的大祭司，大祭司死後羊皮卷成為他的陪葬品。羊皮卷上有很多神奇的咒語，其中包括怎樣使木乃伊復活的咒語。粗通法術並掌握很多古埃及文字的羅奈爾德解讀出了上面的部分內容，其中包括木乃伊復活咒，不過這傢伙從來沒有使用過這些咒語。

大祭司的木乃伊被羅奈爾德賣掉了，但是羊皮卷被他留了下來。半個多月前木乃伊拉魯和他的木棺被走私

運進他家的地下室，一天，羅奈爾德突發奇想，對拉魯唸了木乃伊復活咒。

「你唸了咒後拉魯怎麼樣了？」雅各非常關心這一點。

「沒有任何反應。」

「沒有反應他怎麼會復活過來了？」博士逼問道。

「古埃及語我只是粗通，我唸的那段復活咒結結巴巴的，木乃伊已沉睡了千年以上的時間，他肯定是慢慢復活的。」羅奈爾德連忙解釋，「反正那天他沒有絲毫復活跡象，我以為那咒語沒有效果，就去美國聯繫買家了，直到幾天前我在報紙上看到倫敦地下有木乃伊在活動的消息，我嚇壞了，知道那復活咒起了作用，馬上趕了回來。」

博士和雅各對視了一下，知道這個傢伙沒有撒謊。

「回來以後呢，你都幹了些什麼？」博士接着問。

「我是白天回來的，木乃伊那時靜靜地躺在木棺裏，應該是睡着了。」羅奈爾德悶着頭說，「我知道他已經復活了，因為他雖然躺着不動，但是身體發着綠光……」

　　羅奈爾德説的確是實話，當時他也被嚇壞了。雖然那本羊皮卷上有將復活的木乃伊再還原回去的復原咒，但是他讀不懂那部分咒語，不過上面描述的怎樣封閉木棺的咒語他破解出來了，於是他把咒語用古埃及文字寫在一張紙上並貼在木棺上，果然拉魯晚上無法再出來了。這些天羅奈爾德自己總在發愁，每天都在努力破解羊皮卷上的復原咒，這個木乃伊已經在美國找到了買家，但是誰敢買一具復活的木乃伊呀？

　　早上他正在房間裏破解復原咒時，忽然聽到地下室裏有響聲，他馬上跑了下來，看見博士等人闖進來了，情急之下他想利用木乃伊拉魯殺害這幾個不速之客。

　　真相大白，雅各將整個情況告訴了拉魯，拉魯還沒有聽完就要撲上去斯碎羅奈爾德，博士等人急忙把他攔住了。經過雅各勸解後，拉魯才逐漸恢復平靜，但是他仍死死地瞪着羅奈爾德。

　　「我告訴他不能殺了這個人，還要利用他提供線索找回那些被賣到世界各地的木乃伊呢。」雅各對博士説。

　　「這個傢伙要交給警方處理才行。」海倫指指羅奈

爾德。

「先不要。」雅各走過去拍了一下羅奈爾德的腦袋,「那本羊皮卷放在哪裏?」

「上面一層我的臥室,在書桌抽屜裏,要我去拿嗎?」

「不需要。」

雅各說着就隱了身,沒過一會他就拿着那本羊皮卷重新出現在地下室裏。看上去那羊皮卷非常古老,上面的文字都是象形文字,拉魯搶過羊皮卷,嘴裏發出「嗚嗚」的聲音,樣子十分激動。他和雅各又說了許多話。

「他說他不想復活,他不想原來那平靜的地下生活被打擾。」雅各翻譯道,「他要回到埋葬了眾多法老及他家人的帝王谷去……他要我給他唸復原咒。」

「應該滿足他的願望。」博士點點頭,「不過你會嗎?」

「沒問題。」雅各從拉魯手裏拿過羊皮卷,然後對木乃伊點點頭。

拉魯看看大家,他特別對博士、海倫和本傑明用力地點點頭,似乎在表達他的謝意。隨後他一下就飛進了

木棺之中，然後靜靜地躺好。

雅各看了看羊皮卷，隨後唸出了一句口訣。

拉魯身體上的綠光一下就開始慢慢減弱，過了五六分鐘，綠光完全消失了，拉魯已經變得和博物館裏的那些普通木乃伊一樣了，他重新睡着了，永遠不會醒來。

　　拉魯身上的綠光完全消失後，地下室裏的壁燈一下恢復了原有的亮度。

　　「找到那個大祭司的木乃伊後，這本羊皮卷也要放回去和他永遠埋葬。」雅各看着沉睡過去的拉魯輕聲説道。此時雅各的樣子不再是嘻嘻哈哈的了，表情非常嚴肅。

尾聲

羅奈爾德被移交給了警方，根據他的交代，倫敦警方聯同國際刑警組織開始在世界範圍內追繳那批被販賣了的走私文物。

木乃伊拉魯的木棺和一些已經被追回的文物，在倫敦警方的嚴密保護下被運回埃及，重新安葬。

誰説法老的詛咒不靈驗？法老詛咒打擾他們平靜的地下生活的人，那些盜墓賊、走私犯正在一一落入法網，他們將受到嚴懲。

幾天後的一個下午，本傑明在倫敦著名購物場所老邦德街的一家眼鏡店裏，和幾個店員親切地攀談着，聊了一會後，本傑明拿出了自己的手機。

「博士，店員們説他們有了心理準備，不會害怕的，你們進來吧。」

「好的，我們來了。」

　　話音剛落，博士和海倫、保羅就出現在眼鏡店的櫃枱前，這使所有店員都感到很驚奇，大家笑嘻嘻地看着博士他們。

　　博士和海倫一閃身，後面閃出來了大鼠仙雅各，他朝櫃枱逕直走過去，差點撞上櫃枱，海倫連忙拉住了他，雅各有點不好意思地朝着那些店員笑了笑，還推了推自己的眼鏡。

　　「大家好。」雅各咧了咧嘴說，「我想換副眼鏡……」

　　「啊——」的一聲驚叫聲過後，幾名店員全部暈倒在地上。

　　「啊，這是怎麼了？」本傑明說着就跳進櫃枱，扶起一名店員一邊搖晃一邊叫了起來。

　　「本傑明，你不是說店員們有思想準備嗎？」海倫埋怨道，「你看看……」

　　「都說讓你們代替我來配眼鏡就行了，再說我現在的這副眼鏡不也挺好的嘛，都用了幾十年了。」雅各也埋怨起來。

　　「可配眼鏡這種事有叫人代替的嗎，雅各先生？」

海倫嘟囔了一句。

「醒醒呀⋯⋯醒醒呀⋯⋯不是説好了不害怕嗎⋯⋯不就是一隻會説話的土撥鼠嗎⋯⋯」本傑明繼續大聲叫着。

麥克警長，蘇格蘭場（倫敦警察廳）高級督察，南森和警方的聯絡人，也是一名大偵探，屢破奇案。當然，他所偵辦的都是人類世界中的案件。一起來看看他偵辦過的案件，運用你的推理能力，想一想他是如何破案的呢？

臨終指令

大企業家克拉森先生在家裏舉辦一場晚宴，來的人都是他公司高層和一些商業上的朋友，克拉森先生沒有子女，他有兩個侄子——菲力和斯萊德，兩個人一直明爭暗鬥，都想取得克拉森先生的繼承權。菲力和斯萊德也來參加晚宴了。

克拉森先生最近身體一直都不太好，晚宴才進行了一半多，大家開始跳舞的時候，克拉森說自己身體不舒服，由管家攙扶着，回卧室休息了。

半小時後，管家慌慌張張地跑到宴客大廳，說克拉森先生突然感到心臟不舒服，渾身亂顫，隨即死去了，管家說已經叫了救護車，但是看來一切都完了。

「克拉森先生臨終前，寫了這份指令，上面說他所有的

家業和公司都交給菲力繼承。」管家手裏揮着一張紙，向大家宣布。

「這不可能，一定有問題！」斯萊德大叫着，「我現在就報警，我的叔叔一定是被謀害的，這份指令也是假的。」

麥克警長來到了現場，他先去看了克拉森先生，的確，一切都晚了。接着，他來到大廳，看到了那份指令，指令上的字清晰工整，而且根據熟悉克拉森的人說，字跡就是克拉森的。

「我叔叔是被謀害的，他和我關係最好，這都是菲力和管家串通的……」斯萊德在一邊大喊着。

「別鬧了，斯萊德，鬧是沒有用的。」菲力在一邊冷笑着說。

「指令一定是假的。」麥克警長突然說，他看着菲力，「而且我有理由相信克拉森先生是你和管家串通謀害的！這一切都是策劃好的。」

經過一番調查，證實麥克的話是正確的。

請問麥克警長怎麼知道指令是假的？

魔幻偵探所 8

復活的木乃伊（修訂版）

作　　者：關景峰

繪　　圖：陳焯嘉

策　　劃：甄艷慈

責任編輯：周詩韵

美術設計：李成宇

出　　版：新雅文化事業有限公司

　　　　　香港英皇道499號北角工業大廈18樓

　　　　　電話：（852）2138 7998

　　　　　傳真：（852）2597 4003

　　　　　網址：http://www.sunya.com.hk

　　　　　電郵：marketing@sunya.com.hk

發　　行：香港聯合書刊物流有限公司

　　　　　香港新界大埔汀麗路36號中華商務印刷大廈3字樓

　　　　　電話：（852）2150 2100　　傳真：（852）2407 3062

　　　　　電郵：info@suplogistics.com.hk

印　　刷：中華商務彩色印刷有限公司

　　　　　香港新界大埔汀麗路36號

版　　次：二〇一九年三月初版

ISBN : 978-962-08-7258-7